相遇這一刻，世界轉動

舒果汁 著

【青春愛情名家感動推薦】

明明知道不是一般的愛情故事，卻在最後解答時也感到驚奇。

——暢銷美女作家尾巴Misa

勇敢直前的幼希與癡情易羞的大白相處間的逗趣互動，滿溢著令人鼻酸又真實的純真愛戀，讓人禁不住再三回味。

——《為什麼明明我就在你身邊，你卻不知道我喜歡你？》小說作家花妍

它給我帶來的震撼是，我所看見的月亮能有不同的形狀變換，而我卻沒辦法因此慶幸，因為也許在夢裡的某個角落，因為月亮一都是圓的，所以另外一個我、或我愛的人，比我還要幸福。

——《可不可以，你喜歡的是我》小說作家竹攸

相遇這一刻，
世界轉動！

1.

輕陷在柔沙中的腳趾，終於感受到那湧上的沁涼。這波來地又快又慢的淺浪，一路從趾縫打上了腳踝後，迅速地退去。快，是因為它的一瞬間；慢，是因為闔眼期待它的我，彷彿從這世界的一開始，就在等待。

「好舒服……」我睜開雙眼，情不自禁地脫出口。

「啊，幼希好奸詐！剛找了半天沒看到妳，原來偷跑過來玩水！」小妙拉高的音調，突然從身後傳了來。

望著小妙持著長夾子，小心翼翼踩過浸著餘浪的沙灘走來，我笑嘻嘻地朝她揮了手。被解開鞋帶的白色帆布鞋，仍在我另一隻手上抓著。

「妳也來過來泡一下嘛，很涼耶。」我把運動長褲捲到膝蓋下，往前方又踏了一步。

「來的時候廖老師說，每一組至少要裝滿一袋耶！現在都快要走了，我們兩人的垃圾袋根本就還是空的。上次明明半小時不到，就一大袋了……」小妙深鎖黑框眼鏡上的眉頭，沒有要跟進的意思。

高三學測結束後，我和小妙在寒假的尾聲，報名參加了學校發起的淨灘活動。去年寒假的淨灘我們也有參加，不過今天吹來的海風，一點也感覺不到去年的寒意。藍天白雲的天空中，只有感受到讓人舒坦的暖陽，但最截然不同地，是整片黃澄沙灘上像是被過濾洗滌過的清爽，見不到一絲塵間的沾染。

「不知道是誰，把垃圾都被撿光了啦。」小妙扁嘴，晃了晃手中空無一物的塑膠袋。很顯然地，有其他淨灘團體搶先了我們學校一步。

「嗯啊！超沒公德心的，一點也沒顧慮到後面人的感受。」配合小妙的表情，我假裝生氣的皺起鼻頭。

「……噗，三八耶妳。」小妙停頓了會兒，意識到我故意逗她，忍不住笑了。我也掛起微笑，把腳丫子踏進另一波海潮，讓水浸上了小腿。

對沒去過夏威夷的我來說，此時此刻，就像是在夏威夷一樣。

眼前視線可及的海岸線，就像是從未有人跡過的密境南島；綿密的淺色沙灘灑在金黃色的太陽之下，沒有任何雜屑。或許是受到心情的影響，碧藍色的海洋也不再是印象中沉澱後的灰白。如果這片沙灘，能一直像今天那麼美就好了……。

「來淨灘卻什麼都沒撿……感覺浪費了一天，好空虛喔。」小妙抬頭直視著日暈，仍是佇立在浪花濺不到的原地。

「所以說，至少要玩一下水呀……」我把目光停在沒留意前頭的小妙，咬住下唇強忍偷笑。正當彎下身子，想用手舀起水時，惡作劇的念頭卻被擱置了。

一顆碩大的螺旋貝殼，正悄然躺在腳邊的海水下。

望著它被牛奶淋過似的瓷白，我突然聽見了自己的心跳。那貝殼美得像是藝術家拉胚出的精琢藝品，但卻又在穿息的浪流中，靜得自然無奇。

期待地，我把那海螺拾了起，捧在兩掌間；像是意外收到了件禮物，一時間想不出能用詞形容的喜悅。原本填滿螺殼內的潮水，不留足跡地，沿著指間滑落回原屬的大海中，提醒我它原屬的主人，已離開了好一段時間。

「小妙，妳看！」我朝小妙展示手裡的新發現。

「嗯？」小妙瞇起眼，視焦好像還沒從光炫下恢復過來。

「貝殼呀，妳覺得可以撿嗎？」

「貝殼……算是垃圾嗎？」她懷疑的語氣。

「不是啦，我是說撿回去做紀念……」

我努力把這幾個字唸得很有意義，因為明白紀念品對於較理性思考的人來說，或許就只是單純把桌子和櫃子占滿、且不俱任何功能的雜物。曾經以為自己見到的美，在每個人眼裡都是一樣的珍貴……直到媽把我整盒從小收集的糖果包裝紙，當成垃圾打包丟掉。

我期盼小妙能和我有一致的想法，但在她回答之前，遠方就傳來了一聲哨響。我們兩人不約而同的看過去，原來是帶團的廖老師，正插著腰在遊覽車前，通知同學們該集合了。

「要走了耶，先去廁所嗎？」小妙回望，沒注意到我的猶豫。

我低頭看了看手中的貝殼，明知道裡頭是空的，卻又覺得逕自帶走有些不妥。因為說不定，身為屋主的寄居蟹只是出門曬個太陽，晚點就回家了……而且什麼都沒付出就拿走了這樣漂亮的東西，會讓我有一種買東西卻沒付錢的罪惡感。

為了避免每次我見到書桌上的它，就要重新湧起這些不安，所以我做了決定。只是在放下前，我把貝殼放到了耳旁，想聽聽它最後的道別。很多人都說，貝殼裡可以聽到海潮聲，因為它無時不刻都在思念，所以滿載著過去的回憶。

我闔著眼，靜靜地，但彷彿真的聽見了什麼聲音。

「……幼希？」並不是小妙，是個男孩子的聲音，壓抑卻清晰。

我不確定自己是否聽錯。

「……幼希！？」只是再次，那不可能是錯覺的呼喚，驚得我睜開眼睛。

當我慌張地想放下那貝殼時，才發現聲音的來源，出自於我身後。一個穿著我們學校運動服的陌生男孩，不知何時地就站在我背後幾尺處。

那素不相識的男孩背著海，怔怔地直望，直望著我。

不過，這男生是誰……而且為什麼？從他的眼神中雖見到了我自己，但對方的聲音和五官，仍是完全的陌生。是別班講過話……或是以前國小的同學嗎？只是任我在記憶深處中翻找，仍沒能發現到任何有關他的線索。

「你是……？」我小心翼翼地開了口。一旁的小妙，同樣是帶著疑問的表情。

對方並沒有回答，只是跨近了一步，張開雙手，然後……將我擁入他懷裡。

若美的沙灘上，這一幕就像是愛情電影中男女的浪漫重逢；遭遇的事物，同時靜止在兩人身後的時間裏，不再走動。男孩的雙臂像是溫暖的披巾，將我肩膀緊緊摟住。一秒，兩秒，三秒過去了……我從他胸膛中抬頭，見到他牽動的嘴角，彷彿即將脫口出什麼，但我沒能等下去。

雙頰通紅的我，本能地朝他臉……一手奮力推去。比我高了一個頭的男孩，就這樣毫無防備地挨上這一擊，順勢後仰摔倒在沙灘上。

「幼希，這傢伙是誰啊？」小妙目瞪口呆，望向那倒地不起的男生。

「神經病吧！？」從沒和男生交往過的我，腦裡一片混亂。

「那……要叫救護車嗎？」停頓了會後，她關心地問道。

「不用了，我應該沒事……」我緊抱住垂下的手臂，搖了搖頭。

「不是啦，這男生好像昏過去了？」小妙不安走近，盯著那沙地上毫無反應的男孩子。他留著鼻血，雙眼緊閉，一動也不動地仰天躺著。

剛那一推有那麼重嗎？我不解……直到望見了自己手裡仍緊抓的貝殼。

此時此刻的我，仍不知道這次相遇，是和他過去說好的約定。

2.

廖老師一從病房走出，我便急忙地上前。

那昏倒的男孩被抬進救護車後，廖老師和我一起上車同到了醫院。幾個小時過去，天已經暗了；雖然說不是有意的，但憂慮後悔的等待中，我真希望剛剛沒有出手……或至少，出的是另外一隻手。

「喔，那個誰……妳還在啊？放輕鬆啦。」廖老師見到走廊上的我，似乎才想起我的存在。雖然身為本班導師卻常睡過頭遲到的他，給人很不可靠的印象，但這時有個大人在，著實讓我安心不少。

「所以……應該不嚴重吧？」見老師一副自在的樣子，我盡量朝好的方向去想。

「唔，應該啦，畢竟妳還沒有十八歲，法官都會酌輕量刑的吧。」他騷了騷滿是鬍渣的下巴，大概是自己也不確定對不對。

「……」我一時不知怎麼接話，因為我擔心的並不是這件剛或許應該，卻忘了思考的事。

「怎麼，總不會妳已經十八了？」廖老師見我沒答應，自行推敲。

「其實我是想問，那個男生現在怎麼樣了……」

「喔，他嗎？好像是沒腦出血還什麼的，不過就一直沒醒，詳情我也不知道……但這問題妳應該要去問醫生吧？」廖老師的神情，就像是平常責怪我們上課時問了太難的問題一般。

我決定不再對他發問，不論是在這裡或課堂上，只是目送他悠哉地走進走廊底男廁。見病房門半開著，我打算自己過去探視情況。

「請問，我可以進來嗎？」我探頭，見到病房裡頭有位護士小姐。她正持著塊板子填寫東西，醫生大概是在我和廖老師談話時離開了。

「可以呀，妳是他同學還是朋友嗎？」那位護士抬頭見我，點了點頭。

「嗯，同學。」我簡短回應，畢竟從那男生的運動服看來，我們至少是同校。

「他情況還好嗎？」我心虛地走近病床旁，見到仍闔著眼的他，除了鼻子上貼了一大塊紗布外，就像熟睡般。

「剛才做了些檢查，醫生說是沒有腦震盪，有可能隨時都會醒，但還要多觀察……對了，妳知道他家人的聯絡方式嗎？」那護士停下筆，想到似地問了我。

我扶著床沿，認認真真地看了那沉睡的男孩，感覺他是個常運動，但若整天坐在圖書館也不會讓人奇怪的類型；只是再怎麼回想，仍像是在海灘上時第一次見面地陌生。

「不好意思，我不知道耶。」我擠著笑容，其實這問題剛已經困擾過我們一次了。

不要說是聯絡方式，就連他的名字，也根本都沒有人知道。早先在沙灘時，廖老師就詢問過參加淨灘的全體同學了。由於這次活動至少都是兩個人一組，所以在沒人知道他身分的情況下，大家唯一能想到的解釋，就是這同學因為其他目的，剛好也去了那沙灘。

但這個沒有人知道來歷的同學，卻認識我……或是說，知道我的名字。

是暗戀妳的人嗎……？剛才等待救護車來前，小妙這樣問了我。怎麼可能，我急搖頭否認；即使事實上這也不是說不可能，但突然那樣就摟住人家，也實在是太莫名其妙了……。

「妳不會和妳們老師一樣，連他的名字也不知道吧？」護士小姐困惑地看了我一眼。

「因為只是同校，在外面碰到的……」我斜了頭回答，很擔心對方把我當成和廖老師一樣兩光的同類。那男生雖然穿著學校運動服，但並沒有繡上學號，身上空無一物，短時間內要查出身分感覺不是件簡單的事。

「這樣呀，真傷腦筋呢。」一副不知道如何是好的護士，躊躇了一會後才離開病房，不過並沒有示意我需要離開。

我站在病床旁，不知道自己現在該做些什麼。空蕩蕩的房間內擺了兩張椅子，沒有其他患者，是個單人病房。透過窗簾照進的月色，雖然在此時顯得安詳，但我總覺得一旦房內只剩下床上昏迷的男孩，整個氛圍就過份地孤寂了。

我把肩上的帆布袋掛起，挑了角落的那張椅子坐下，離病床仍有些距離；擔心若是靠得太近，他突然醒來時，我會尷尬地不知如何對應。

「原來妳在裡頭啊，我們該走了吧。」正當我以為時間要靜止的時候，病房門突然開了，探進來的是廖老師。

「但他還沒醒，又不知道家屬的聯絡方式，我們就這樣走好像不太好耶……？」我放輕音量。

「唔，這也沒辦法啊，球賽轉播就快要開始了，今晚是進季後賽的關鍵呢！」廖老師理所當然地，講了一個好像我們必須離開的理由。

「那……沒關係，老師你先回去，我在這裡等一下好了。」我在內心嘆了口氣，反正硬讓他留在這裡好像也沒什麼意義。

「喔，那就拜託了，記得打個電話回家跟妳爸媽講一下。」廖老師已經盡到責任似地，明快做了個交待。

我允諾點了頭，但心裡很明白不需要打這通電話。前天爸媽才去了歐洲旅行，家裡之後的兩個禮拜都只有我一個人。

「嗯……還有什麼，啊，如果警察來了要問妳話，記得在律師到前，一定要保持沉默！」廖老師準備踏出病房前，回頭認真地提醒道。

第一次感覺到老師的關心，但我還是什麼話都不想回答，只是鞠了躬後把他送離開了病房。關上門後，我轉頭看向病床上的那男孩，仍是沒有甦醒的跡象。

不過就像護士小姐說的，他隨時都有可能會醒吧……應該不需要太擔心才是。

看了一下手機，我才察覺到該是吃晚餐的時間，雖然知道醫院外就有夜市，卻一點食慾也沒有。

是自責的關係嗎，還是單純地覺得讓這男生一個人躺在醫院殘忍？我也摸不清楚是什麼感覺，只覺得他醒來時，周遭至少要有個人在……即使那個人，就是害他住院的緣由。

病房內的掛鐘秒針一刻一刻跳著，規律地讓我抓不住時間流逝的節奏。

3.

聽到玻璃和金屬輕敲撞的聲響，我才忽然驚醒。

「妳醒了呀？」在病床旁換點滴的護士，轉頭對我笑了笑。

看見窗外照進的晨光，我發現已經早上了，原來不知不覺，昨晚竟然靠著牆在椅子上就睡著了。見到房內護士和昨晚值班的是不同一位，我不好意思地趕緊坐直。男孩依舊是昨晚平靜的睡容，沒有醒來過的跡象。

「椅子往外拉平可以變成床，比較好睡喔。」早班的護士，好意提醒我。

「沒、沒有關係。」我紅著臉站起，沒有講出其實只是不小心睡著。

「妳是他妹妹……還是，女朋友嗎？」她不經意地又看了我一眼。

「才不是呢！」我嚇得連忙揮手否認。

「呵呵，因為看妳特別留在這裡過夜。」她莞爾一笑，大概是覺得我慌張否認的樣子有趣。

「嗯，就是……對了，昨天醫生不是說，他隨時會醒嗎？」陷入語塞的尷尬前，我突然想起身在這裡的原因。

「醫生剛才有來巡房過了，說就是多休息，等他自然醒，別擔心。」護士貼心安慰道，兩頰酒窩漪起。看來我剛睡著的樣子，大家都見到了⋯⋯。

「喔，謝謝！」在沒有家屬在場的情況下，我這個肇事者自然地負責點頭道謝。

待護士小姐離去後，我再次走近了昏睡的男孩邊。

「嘿⋯⋯你會醒吧？」我小聲地望著他臉呼喚，深怕有個萬一，就真的得認真思考廖老師昨天講的話，而且報紙很可能會出現「淨灘無收穫，高中女生遷怒殺人」這類聳動的新聞⋯⋯。

但男孩仍是沒反應，唯一的動靜是胸口沉緩的呼吸。

「快九點了耶⋯⋯」感到喉嚨有些乾澀，看了看時間，我才意識到已經過了往常早餐的時間。昨晚連飯也沒吃的我，輕輕嘆了氣。

而床上的男孩睡得安穩香甜，加上有點滴補充體力，若要和我比飢餓耐力賽可說是毫無壓力。雖然吃飯皇帝大，但若我為了吃早餐便棄他於不顧，和昨晚為了看球賽而落跑的廖老師，好像就沒差別了⋯⋯。

男孩鼻子雖然被塊大紗布蓋著，但熟睡的他有一種沈浸在此刻的滿足感，好像只是差在沒笑出來而已；難道，這就是所謂……勝利的微笑嗎？

想到這裡，我忍不住地伸出食指，朝他酣睡的臉頰戳了一下。

「喂，你再不醒，我就要走了喔。」明知道這樣講，也不會有任何效果的我，仍是脫了出口。

但奇蹟般地，男孩的眼皮抽動了一下。

我縮回手指，望著那男孩逐漸出現動靜的面容；緩緩地，他的雙眼，真的在我屏息中張開了……。

「你醒了！？」我驚喜呼道。早知道就早一點戳他了。

男孩聽見我的聲音，兩眼慢慢轉了過來，直直望著我，毫無遮掩地。這似曾相識的感覺……就好像，昨天在沙灘上時的一樣。想到這，我連忙朝後退了兩步。

「這裡是……？」所幸，他只是沙啞地出了聲。

「……醫院。」我把目光投回他臉上，免不了心虛。

他露出疑惑的神情，望著天花板，好一段時間像是思索著什麼般。

「你現在，有哪裡痛嗎？」我怯怯地問道。

「……妳是？」遲疑後，他並沒有回答我的問題，只是反問了我。這男生不是知道我的名字嗎？還是說，他根本不認識我，昨天其實是聽錯了……不過該怎麼回答他呢？難道要直接講，我就是那個拿貝殼把你敲昏的人嗎……。

「呃，我叫姚幼希，我們好像是同校的……」我決定先報上名字，等他的反應。

「同校？那……我是？」完全不能意會般，他有些狀況外地迷惘。

「你是？」但我不確定那個問題的意思。

「我……我是誰？」他有些吃力地，再重複了一次問題。

察覺到事態嚴重的我，倒抽了一口氣……這男生，被我打到失憶了。

4.

「所以，那男生什麼都不記得了？」小妙苦笑，邊攪著冰紅茶內的吸管。

「嗯，連怎麼進醫院的都忘了。」我吐舌，動了一下手中的湯匙，把盤內的日式蛋包飯破開，冒著熱氣的濃郁汁液瞬間滑入熟米中。

剛才離開醫院後，我立刻打了電話給小妙，告知她事情的狀況。一聽我在外過夜和整天未進食，即使已用過餐的她，仍貼心陪我出來吃午飯。

餐廳內，迴盪著經典日劇的主題曲，讓人可以悠哉地享受餐點。除了小妙與我，店內只有其他稀疏的幾桌客人，或許是已經過了用餐巔峰時間的關係，這家店往常都是大排長龍的情況。

「那接下來怎麼辦？」小妙待我吃了口飯後，繼續問道。

「我有通知廖老師了，他說會想辦法找出是那一班的學生，再通知家長。」

「廖老師喔……」她不安地皺起眉頭，把眼鏡推上。

「嗯，但現在就只能這樣了吧。」我懂小妙語氣的意思。以我們對本班班導的了解，他很少能妥當地處理好一件事。比如說，把班費留在沒人的教室一個晚上，弄丟的機率會比交給廖老師保管的可能性還要低得多。

「等一下我想逛逛書局，一起去嗎？」想到禮拜一就要開學，我換了話題，而且也明白目前對這件事再想也無濟於事。

「好啊，能放鬆的就剩這個週末了呢。」小妙嘆著氣附和。

我們對學測的結果預測都不太樂觀，已經做好要繼續拼幾個月的準備。小妙在考試的那兩天重感冒，腦袋昏昏沉沉；我則是很介意第一天數學考試，題目有一大半沒做完。

不過再辛苦，也就這半年吧……等上大學後，就能像在南部讀書的哥哥一樣，自己住外面，不用什麼事都和爸媽報備了。看他玩社團、出去打工，甚至連放長假都可以忙著談戀愛不用回家……。

但是，說到談戀愛……不知道是怎麼樣的感覺呢？和喜歡的人在一起之後，這個世界會變得完全不一樣嗎？我低頭又扒了一口蛋包飯，思緒飛得很遠。

「幼希，鼻子沾到番茄醬了啦！妳以後還要嫁人耶。」小妙遞上紙巾，給了我一個啼笑皆非的眼神。

嫁人？原來小妙已經想得比我還要遠了。我接過面紙，笑嘻嘻望著不明究以的她。

相遇這一刻，
世界轉動！

5.

開學日的第一天早上，班上同學很明顯都帶著複雜的心情到校。寒假雖名義上有一個月之長，但對我們高三生來說，前大半段只是換了地方在讀書，真能舒緩壓力就只有學測考完後的短短幾天而已。不過見到一陣子沒看到的同學，大家仍難掩期待地分享放假期間的趣事。

「妳們有收到我寄的明信片了嗎？」璇茹見到我和小妙，喜孜孜地端了一盒巧克力過來。我後頭座位一直都是空的沒人坐，小妙很自然地幫璇茹拉了那張椅子。

「還沒耶，夏威夷好玩嗎？」小妙撿了其中一顆，放進嘴裡，我們在放假前就知道璇茹的出遊行程了。璇茹準備高中畢業後，就會去美國留學；沒升學壓力的她，連課輔都沒參加，這個寒假應該是真的過得像個寒假。我隨著小妙，也吃了顆巧克力，裡面包著的是夏威夷堅果。

「還不錯呀，倒是一直吃吃喝喝胖了快一公斤，哈。」璇茹露出溫暖笑容，似乎把當地的陽光都帶回來了。

隨後她又給我們看了手機內的照片，短暫的早自習時間一下就過去了。

「璇茹真好，我們都沒去哪……除了去淨灘。」第一堂課等著老師來之前，隔壁排座位的小妙一臉惋惜，語氣透露出她自己都沒察覺到的悲情。

「哎呦，反正都是沙灘，而且那天的感覺，就像是夏威夷啊。」我安慰她道，但真心這樣覺得。

「這樣說很沒有信服力耶，妳也沒有去過夏威夷，怎麼知道夏威夷是怎樣的？」小妙用手托著腮幫子。

被這樣反駁，我一時無言，因為她講得還蠻有道理的……。

當我還在思考，為什麼那天會自己覺得像是夏威夷時，廖老師終於出現在教室門外，一如往常慢了十分鐘；但詭異的是，他只是停在門外，對我招手示意要我出去。

「怎麼了嗎？」我莫名其妙地走出教室，問了廖老師。

「事情有點麻煩啊，我早上從醫院帶了那個男同學到學校，但在辦公室問了一圈，沒有任何老師知道他是哪班的……」

「每個年級的都問了嗎？」我馬上明白了他所說的男同學，自然就是在沙灘上被我打昏的那位。

「當然啊，連啟聰班的老師都問了！雖然穿著我們學校運動服，但也有可能不是他本人的。」

「……」聽到這，雖然知道出現問題，但還是不知道老師找我的用意。

「我是想說，解鈴還須繫鈴人，所以……」講到這，他停了下來，給了我一個意味深長的眼神。

「所以？」我馬上警覺到不對勁。

「看妳等一下把他偷偷帶回去沙灘丟掉，還是怎樣……之類的吧？」廖老師環顧四周後，小聲地說。

「什麼叫偷偷丟掉！你把他當小狗喔？」我差一點以為自己聽錯。

「所以才說有點麻煩啊。」廖老師黯然地看去遠方。

「不能帶他回去醫院嗎？」

「不太方便啊……因為我已經對護士小姐們拍了胸鋪保證，一定會平安地把他送回家人身邊的。」他沒來由地堅持著，但好像堅持錯了地方。

「那至少帶他去警察局，看有沒有人報失蹤人口呀？」

「唔，警察局嗎……好像是個好主意。」他騷著下巴鬍渣思考，儘管這是正常人都能想到的辦法。

小妙和我前幾天的預感，一點都沒有錯……要指望廖老師處理好這件事，果然有點強人所難。

6.

儘管廖老師接受了提議，但我總覺得自己仍有責任，所以趁著午休的空檔拉了小妙去了一趟教職員辦公室，想看看那男生的情況。當天在醫院見他清醒後，由於怕打擾醫師的診治，所以到離開時，我都沒機會與他做更多交談。

失去記憶的他，如果不是同校，為什麼會穿著我們的運動服呢？是過去的校友、或其實是家裡兄弟的？還有不管他是哪個高中，今天也應該要開學了呢……一連串的疑問和顧慮，讓我一直很不心安。只是到了教職員辦公室後打聽，才知道廖老師罕見地有效率，已經帶著那男生離開學校了。

「應該是帶去警察局了吧？」回教室的途中，我有些自言自語道。

「應該是吧……」但小妙還是回答了，她知道我剛與廖老師對話的內容。

「嗯，應該。」我加強了語氣，好像這樣說就能增加事情的可能性。

還記得看過一本書，大致上就是講只要讓自己相信，就越有可能見到那件事的發生。書名是什麼的已經不太確定，但不是賣火柴的小女孩。

放學後，由於晚上沒有補習，儘管和同學們揮手道別了，我還是在校門口站了好一陣子。沒有什麼特別的原因，只是單純陷入不知道晚餐吃什麼好的猶豫。這陣子爸媽在歐洲旅行，三餐都是自己打點；但特別奇妙的是，明明往常也常自己獨自外食，這幾天一人在外頭吃飯，卻有種特別空虛的感覺。

「這就叫做空巢期啊。」昨天下午通話時，哥這樣不正經地回答著。

「白痴。」我掛了他電話，但其實也知道哥不是忙著連線玩電腦遊戲，就是在陪女朋友，沒有時間陪我聊。

經過麥當勞時，我從玻璃窗見到裡頭遊戲間嬉鬧的小朋友們。其中一個約五、六歲的男孩，撿了一顆軟膠球，朝前頭另一個更年幼的小女孩頭上扔去。小女孩愣在原地地被砸了；男孩裂嘴大笑，而被丟的小女孩，竟然也跟著笑得開心。如果每個人生活可以像這樣，不管做什麼或是怎麼被對待，都那麼開心就好了……。

正當我回想是不是小時候也被哥這樣玩時，速食店門口旁長椅上的人影，讓我停下了腳步。椅子上，除了麥當勞叔叔……還坐了個神情寂寞的高中男生。我不禁驚訝出了聲，因為那人，就是那天海灘上見到的無名男孩。

「你怎麼會一個人在這裡！？」我不自覺拉高了音調。

「？」那男孩抬頭，不知道是因為見到我，還是對我的聲音困惑。

「喔喔，妳是在醫院的那個……姚同學？」遲疑了幾秒後，他才開口。

「是啊，你的記憶……恢復了嗎？」我觀察了他，但只見到倦容。

「暫時，還是什麼都想不起來。」那男孩牽動了下嘴角，似乎是想要做出微笑的表情。

「廖老師把你扔在這嗎，他人呢！？」我望了四周，突然感到生氣。

「妳是說那個男老師嗎……？他中午帶我去警察局，後來走了。」他溫和地望著我，或許對我忽來的怒氣不解。

「所以你已經去過警察局了？」我稍微感到釋懷。

「嗯，去過了，但目前為止好像沒有人在找我……雖然他們要我留在那，說再等幾天看看。不過怕給他們添麻煩，所以趁沒人留意時，就自己離開了。」他視線偏了一邊，講得很淡然，彷彿是在談別人的事。

「這樣不好吧，我覺得你還是回去等比較恰當……」我覺得不妥，試著說服他。

「我只是覺得……多走走四處看，可能比較容易恢復記憶，而且總感覺有更重要的東西，在外面等著我。」男孩望回我。

聽他確定的語氣，我沒有辦法再反駁。畢竟沒有失憶過的經驗，我也不確定怎麼做對他的幫助比較大。

「你吃飯了嗎？」沉默了一會兒後，我才又開口。

「還沒。」他搖了頭，但隨後對自己回應有些後悔的樣子。

「我也還沒說，要吃麥當勞嗎？」我若無其事地問道。

「呃，我現在身上沒帶錢……」男孩低頭前，好像有點尷尬。

「沒關係，我先借你。」

我沒有等他答允，只是逕自拉開一旁速食店的玻璃門，撐住等他。

7.

「不好意思喔，等我回家後，一定馬上還妳。」男孩翻開漢堡的包裝紙，咬了一大口，感覺是真的餓了。他鼻子上的紗布已拆除，但仍能見到淡淡的青紫。

「沒關係啦，你趕快恢復才比較重要。」放下書包後，我撥挪著攤在餐盤上的薯條，並不是不想吃，只是沒有和同齡男生一起吃過速食，一時間不知怎麼開始。在不熟的人面前，把胡椒粉灑在番茄醬沾薯條吃，一定會很奇怪吧？

「真不好意思耶，這幾天還有醫院時，麻煩你們了。」他的臉，比剛才更有生氣了些。

「不會啦……對了，你真的……不認識我嗎？」捏起根薯條前，我試探性地問了。桌上的胡椒粉和番茄醬包，仍原封不動。

「呃，我們應該是認識的嗎？」突然被問到，桌前的男孩一時傻住。

「應該是不認識，只是那時好像……呵，沒事，不要在意。」我笑著，趕緊把手上薯條放進嘴裡，因為意識到問這問題的我有點蠢，忘了對方什麼都不記得。

但心裡，還是多少有點在意……他那時為什麼會在沙灘上，把我抱住。如果他一直都恢復不了記憶，那我會不會永遠都不知道原因？

「其實喔，把你打昏進醫院的人……就是我。」繼續撿起第二根薯條時，我不知道哪裡來的勇氣，突然開了口坦白。

男孩半開著口望向我，明顯地有些訝異，看來他之前真的完全沒印象。

「對不起，但我那時真的不是有意的……」當時完全沒想到手裡有個大貝殼，我歉然地垂下臉，任長髮蓋住前額。

他吃驚地頓了幾秒，隨後又像什麼事都沒有般，繼續啃了漢堡。他默默咀嚼著，或許是需要更多時間，來消化我剛才的字句。

「……那可以原諒我嗎？」而他開口時，卻突然轉變成道歉的那一方。

「咦？」我從髮隙間瞪大眼，儘管我完全沒有想模仿貞子的意思。

「我想……一定是因為，我說了什麼該被揍的事吧？」男孩正視著我，彷彿是確認了般。

「為什麼會這樣說？」我很快地望了他一眼，捧住飲料。

「因為妳看起來不像是隨便會打人的女生吧？」

「嗯嗯。」我細聲回應著。誰叫你亂抱人……原本想說出完整的緣由，不知道為什麼，見著他澄澈的雙眼，我卻一個字都說不出來了。

「你知道開學了嗎？雖然你好像不是我們學校的……」目光停在他身上的運動服時，我想起了這件事。

「是喔，開學了？」他動了動鼻尖，明明早上才來過學校，卻像是在回想很久以前的事。

「而且如果你和我一樣是高三，學測又沒有考很好的話……接下來幾個月，還要趕緊準備接下來的指考耶。」望著年紀相若的他，我不免擔憂起來。大概是和小妙在一起久了，傳染到她的個性。

「指考嗎……？」他重複著我的話，盯著漢堡，不像有理解到事情的嚴重性。

「慘了，你現在失憶，會不會上課學過的東西都忘了？」我驚覺不妙。

「這還真不知道耶。」他捏了捏下巴，開始思考的樣子。

「那……我問你喔，長干行的作者是誰？」

「長干行，唔……印象中，好像是李白吧？」他不太有自信地回答著。

「哈，蠻厲害的嘛！雖然不記得自己的名字，可是卻還……」我原本是想稱讚對方，說到一半時卻停住了，因為察覺到他閃過的一抹落寞。

「啊，對不起。」我小心地，望著他賠不是。

「……沒什麼啦，只是突然想到，我就算現在題目都做對，寫不出來名字好像也拿不到分數而已。」男孩笑中帶著無奈。

「名字喔？想到之前，先自己取一個嘛，比如說叫……大白。」

「大白嗎，好像狗的名字？」

「開玩笑的啦。」見他認真起，我趕緊解釋。

「其實這名字也不錯耶，至少比劃很少。」他假裝認真考慮的樣子。

「噗。」

雖然我們彼此間的話題，就像可以隨空冒出似的一直談下去，不過想到還得回家準備明天的上課，就還是認真地吃完了桌上的套餐。仔細想想，還真是蠻有趣的……明明兩人不認識，同桌吃飯卻可以聊得像熟識很久的朋友一樣。

「希望你早日恢復記憶。」在速食店門口分開前，我真心說著。

「搞不好想起來以後，我真的是叫李大白之類的，哈哈。」他一臉愉快。

「呵，最好是這樣。」

「好啦，很晚了，快點回家吧。」男孩望了眼夜空。

「嗯，那再見了呦。」我點點頭，隨著他的目送搖手離開。

像是踩著月光前進般，回家路上腳步是兔躍的輕盈，即使書包有七公斤重。記得數學補習老師說過，我們現在背的書包還算小意思，等之後要去考清潔隊時，得要能抬二十公斤的沙袋。

從速食店走回家，大約是十多分鐘的時間，不過當到達家門口時，我才冒出了一個疑問……那個想不起家在哪裡的男生，接下來可以去哪裡？

相遇這一刻，
世界轉動！

8.

如果沒地方可以晃，那男生應該會乖乖地回警察局……或是回醫院吧，畢竟對護士們誇下海口的是廖老師，他本人應該是不至於會感到難堪？我在蓮蓬頭下邊沖著頭，邊思索各種可能性。剛才一到家，我就決定先舒服洗完熱水澡，再靜下心來準備明天學校的功課。

可是當擬定好計畫後，往往就會有很多突發的瑣事來干擾。例如說，我現在頭才剛沖濕，就發現洗髮乳已經空了。其實一旁的竹碳洗髮精還有八成滿，但我完全沒有想拿來用的念頭。那是爸買的，雖然瓶身上註明了可以防止掉髮，不過打從心底的排斥下，總覺得我若是用了，一定會掉很多頭髮……。

我一度想要朝外大喊，請媽幫我拿瓶新的，但很快地就想起現在家裡只有我一個人。迫不得已中，我墊腳走出了浴缸。原本以為洗手台下的櫃子至少還有一瓶，可是左翻右找就是不見我慣用的洗髮乳。

記得有一句俗語說，頭都洗下去了，就不能只做一半。於是用大毛巾包住頭髮、擦乾身體後，我抓了小錢包就往家樓下的便利商店去。

「我們沒賣那種喔，是日本進口的牌子對吧？應該是大一點的藥妝店才有。」見我在架上找不到東西，來協助的男店員這樣回答著。這時間通常都是這個大叔在顧店，白天和他輪班的大姐，則好像是他的妻子。

「好像是齁……」想到最近的藥妝店有點小距離，我開始在心裡掙扎。

「其實不挑的話，一般肥皂也是可以洗頭喔，或是妳家裡那瓶先加點水，搖一搖後應該還是可以洗個一次吧？」髮際線有點高的他，望著我頭上包著的浴巾。

「唔，謝謝。」雖然這樣說，但遺憾地我就是很挑。若年輕時就這樣無所謂，長大後一定會成為在眾人前放屁都不介意的大嬸的。除此之外，我總覺得大叔的建議欠缺了些說服力。

剛離開便利商店門口，撲面而來的就是一陣寒風，突然地讓我以為自己會打個噴嚏，不過咬緊牙齒，我還是毅然地往了街上走。爸媽常說我是頑固的小孩子，但我自己的解釋是擇善固執……。

街上兩邊的店家都還營業著，不過已可以聞到晚安的氣息。離家最近的那家藥妝店，應該是有開到十二點吧？我憑著印象，或是說不知道哪裡來的信心，繼續往前走著。

途中經過一家補習班門口，有幾個學生仍站在樓下等父母接送。我本來對禮拜一不用補習這件事，有一種悠閒的優越感，但想到自己今天沒有像往常那樣去圖書館溫習，反而覺得更不踏實了。

不知不覺，我又經過了剛吃晚餐的那家速食店，裡頭的客人明顯少了很多。拿著拖把的店員戴了副厚重眼鏡，透過玻璃望了我一眼，大概是覺得剛在那用過餐過的我眼熟。只是當我看向門口的長椅後，不得不又讓我放下了前進的步伐……。

剛與我一起吃過晚飯的男孩，正抱著兩臂，側身靠在麥當勞叔叔的肩膀上。剛與我分開後，他就一直沒走嗎？

「你怎麼還坐在這裡？」我喚了一聲，不過沒有自己意料中的驚訝，好像本來就預見了這個景象。

「啊，姚同學，妳……的頭怎麼了？」睜眼後，他反問了我。

「那個……現在不重要啦。倒是你，不會打算在這裡過夜吧？」我意識到頭上仍包著浴巾，不過沒有害臊的心情。

「唔，這椅子還蠻舒服。」男孩沒有否認。

「這邊睡覺一定會感冒的！回去警察局或醫院吧？」

「不用啦……總是覺得，好像是作了錯事或生病的人，才該去那些地方。」他抗拒低著頭，把手插進了運動外套口袋。

「……」我本還想繼續勸說，但卻意外地能體會他的心情。大概是想到小時候不吃飯，媽就恐嚇要把我帶去警察局或醫院打針。

入夜的氣溫比意料的還低，只是站著一會沒動，我已經感覺到手指凍僵了。真想趕快回家洗完澡……不過，總不能這樣放下他不管吧。只穿著薄薄一件運動外套的他，在外面待那麼久一定更冷壞了。

「還是，你今天要去我家嗎？可以先睡我哥的房間。」想不到其他更恰當的選擇，我最後還是這樣問了。畢竟，我是害他流落街頭的罪魁禍首。

「哈，不用啦……」男孩啞聲乾笑道，大概是被我問得突然。

「我哥的房間是有點亂，但總好過這裡呀。」

「就說不用啊。」

「那你要去哪裡過夜？」

「……」答不出來的他，一直沒有正視我的眼神。

「等你想到去哪裡前，就先睡一下我哥房間嘛。」我堅持著，即使也有些尷尬。

「不方便啊。」

「我都說沒關係了。」我移步到他別過的臉前。

「我沒事啦……」他翻向另一邊，繼續拒絕著。

這男生好盧喔，一點都不考慮別人的心情……還是每個男生都那麼盧？

「那好吧，你不去我也一直站在這裡陪你，要感冒就一起感冒……」我故意板起臉，假裝無所謂地靠著玻璃窗。朝店裡面瞥了一眼後，才注意到拿拖把的店員仍望著我，或是說，望著我頭上包的毛巾。

男孩不太舒服地挪了肩，我彷彿聽見了他摩擦在椅背上的聲音。

現在的情況，讓我聯想到了愚公移山的故事，但不確定自己是愚公，還是那座山。

冷風中，街上的人車漸稀，像是雁鳥們隨著溫度，回到了該回的地方。

「妳別這樣嘛。」沉默了一陣子，他半懇求地開了口。從目光餘角中，我注意到他終於看向我。

沒理由每次拼耐力我都輸他的；我抱著雙臂故意不打理，好像完全不在意逼人的寒意般，只是不爭氣地又打了個噴嚏。

那個噴嚏，並不是很響，畢竟有盡力憋住，但卻意料之外地勝過千言萬語。

「好啦……去妳家吧。」呼了口白霧後，他終於站起身。

我按捺著笑容，忍住快滑下的鼻涕，無所謂地點點頭。這個大概就是所謂的勝不驕，敗不餒吧？

回家路上，他一直與我保持兩步的距離，靜靜地低頭跟在後面。

「不用怕啦，我爸媽都不在家。」希望能讓他不那麼緊張，我開口道。

「這種事，不要特別強調啦……」他用拳頭按住鼻子，頭更低了。

我一時沒有意會到他反應中的意味，但稍後馬上紅了臉。

「你、你不要想歪喔！」我趕緊結巴地警告。

「我哪有。」他挑高眉毛，跟著連忙否認。

「你明明……」避免越描越黑，話到一半我就吞了回去。和男生說話時，很多事不能和女生聊天時一樣隨意，不然一不小心就會被誤會了……。

「到了喔，我家就這棟三樓。」幾分鐘後，到達樓下鐵門時，我已經忘了剛才的尷尬。但從小錢包掏出鑰匙，見到便利商店顧店的那位大叔時，我才想起……好像忘了買洗髮乳。

相遇這一刻，
世界轉動！

9.

才一進家門口，電話鈴聲就剛好響起來。

「喂，阿希呀，這幾天家裡怎麼樣，有沒有聽話自己買東西吃？」急忙接起電話後，是媽的聲音，歐洲打回來的長途電話。雖然出生時，算命先生幫我取了個很文藝的名字，但從小爸媽總是把我喊得很沒有氣質。

「有啊，都有吃啦！歐洲好玩嗎？」我耳朵夾著無線電話，換了家裡拖鞋。

「不錯呀，今天晚上會安排去吃米其林餐廳呢……嗯，妳好好讀書，等妳上大學後再帶妳來玩一次。」媽一開始帶著神氣的語氣，隨後轉變得平淡；大概是內疚，或是發現對女兒炫耀沒有意思。

「好啦，你們好好玩。」我明白旅遊團費是過了寒假旺季才有特價，但不理解為什麼那隻圓鼓鼓的米其林寶寶，會和高檔美食掛上關係……單純是因為它長得像冰淇淋嗎？

「家裡要顧好喔，出去上課的時候門窗要記得鎖……」媽好像是邊聽著一旁爸的叮嚀，一邊重複他的話。

「嗯，對了……媽，我今天晚上把……大白帶回家過夜喔。」我吞吐著，但還是覺得這種事要如實交待比較好。

「大白？阿希啊！妳又撿了什麼東西回來養？」

「沒有要養啦！只是想說今天外面很冷，所以才把他帶回來。」

「哎呦……不要又像上次那隻豆花！在沙發上亂尿尿，你爸會生氣喔！」大概是距離的關係，媽覺得要放大音量才能讓我聽見。另外，上次帶回來的那隻流浪小狗是叫布丁，不是叫豆花。

「喂……大白，你不會隨便到處尿吧？」我壓住話筒，問了鞋櫃旁的當事者。

大白一臉茫然，搖了搖頭。

在我再三保證，還有提醒她長途電話很貴後，媽終於掛上了電話。

「剛是你爸媽打來吧，他們有生氣嗎？」接過我給他的拖鞋後，大白不安地問著。

「不會啦，只要不要尿在沙發上……」我邊領著他到哥房間，邊安慰自己。

經過走廊時，我注意到他的腳步聲，在中途停了下來。探回頭，才見到大白正凝望著家裡牆壁上的一幅畫。

畫的背景是片灑著白星沙的海邊，天空與海水被漸層的藍連貫了在一起。角落有位穿著白紗洋裝，面著海的女人；雖然人物的占幅不大，卻充滿了存在感。

「怎麼了嗎？」我問道。

「這張是什麼名畫嗎，好像哪裡有見過？」他反問了我。

「不是啦，我以前高一時畫的。」有種被稱讚的感覺，我突然有些不好意思。那是我最後畫的一張水彩畫，媽很喜歡，所以特地幫我裱了起來。

「真厲害耶，妳以後要當畫家嗎？」

「噗，怎麼可能，興趣而已啦。」我說得很不以為意，心酸的情緒卻仍是依稀浮了上。爸媽對我從以前就展現出的圖畫天份很自豪，可是認為美術這東西只能當消遣，以後還是要選擇能找到穩定工作的科系才行。

哥的房間，就在走廊第一間。他上了大學後，只有偶而放假時會回來住，但房內仍保持得如他在家時一樣……凌亂。雖然地上少了臭烘烘的衣服和襪子，成堆的漫畫雜誌和玩具模型，依舊疊得到處都是，很難一眼找到踏進房的落腳處。對於哥能交到女朋友這件事，我想他本人比任何人都還要驚訝。

小妙第一次來我們家的時候，曾誤闖過一次，嚇得久久不能言語。從此之後，我們談到這個房間時，都稱它為宅男的迷宮。

「就和我說的一樣，我哥房間很亂喔。」我把房門打開後，觀察著大白的表情。

「哈，不會啦……搞不好比我的房間要整齊很多。」大白一點也沒有意外的樣子，看來是我多心了。

「這邊是他的舊衣服，不介意的話，你等一下可以先換來穿。」我指了門旁矮櫃上一疊媽洗好的衣服。哥的身材比大白胖很多，所以暫時套上應該是沒問題。

「對了，大白，廁所直走到底，左手邊就是喔。」以防萬一，離開前我事先告知。

「好，謝謝。」不知何時正式成為大白的男孩，點了頭道謝。

「那……我要去洗澡了，看你想幹嘛都可以。」

「是喔……」只是他聽後，竟出現了複雜的表情。

「等一下，你是不是又亂想！」我意識到不對，感覺話再次被曲解。

「沒有啊……」大白閃過我，騷著頭走進房。

「我是說，你在這房裡幹嘛都可以，比如說看那些漫畫之類的！」我氣急敗壞地說明。

「我知道，不用特別解釋啊。」他一副被我誤會似的窘狀。

「反正就……我洗完澡前，不要出這個房間！」我憋紅著臉警告他，關上宅男迷宮的房門。

回到浴室，我解下包在頭上的浴巾，發現頭髮已經幾乎乾了。

重新淋浴在蓮蓬頭下，溫暖的水蒸氣，讓我把心情沉澱了下來。和媽通話時，忘記問她洗髮乳是不是放到其他地方……還有，剛才好像對大白太兇了？我不禁反省，畢竟他好像沒做錯什麼……不過說起來，我也不是很認識他，怎麼知道他有沒有誤會呢？而且，第一次在海灘初見面，他就有不良的前科了呀……我想起那擁抱。

思緒到這裡，我連忙出了浴缸，再次確認浴室門有沒有鎖好。接著拿起那瓶已經用完的洗髮乳，加水後搖了搖。

相遇這一刻，
世界轉動！

10.

匆匆把澡洗完後，我疑神疑鬼地望了眼浴室門外的走廊，所幸只是自己多心，外頭並沒有人。我心安地把頭髮吹乾，對剛才的緊張感到好笑；但就像是黑暗本身並不可怕，人對於黑暗的幻想卻可以無限恐怖一樣。

「大白，換你洗澡了。」出浴室後，我在哥的房門外敲了門。不過敲了幾次，都沒聽見大白的回覆。

「嘿，我開門了喔……」等了一會後，我輕輕地打開門，懷疑大白是不是已經等到睡著了。

房內的燈是熄的，但從照進的夜光中，仍可以清晰見到他沉靜的背影，正坐在哥的座位上，一動也沒動地望著窗戶外。

「你在幹嘛呀，黑漆漆地？」我順手開了房內的燈，問道。

大白像是被亮起的燈驚醒般，疑惑了一陣子才回身發現門旁的我。

「你一直坐在那發呆喔？」我忍住笑意。

「呃，妳剛不是說不要出房間？我想說沒幹嘛，不必要浪費電……」他起身，用力眨了眨眼，像是要證明沒睡著般。

「噗，就說你可以找東西看啊。」我指著哥書櫃上的那幾百本漫畫書。在這一片混沌無章的房內，那些排列有序的漫畫可說是唯一的例外。

「畢竟是妳哥的，不好意思隨便翻啊……」

「沒關係啦，在架上蹲了那麼久，難得被人讀了，它們應該也會很高興吧。」我笑笑，望了眼那些已經生塵的漫畫們，不知道上次哥翻閱是什麼時候的事了。這種沒有期約的等待，讓我聯想到海灘上撿起的那顆大貝殼。

「不過其實，這些書好像以前也都看過了。」大白站在書櫃前，瀏覽了一遍書名。

「都看過了？真厲害……原來你和我哥一樣宅。」

「哈哈，這算是稱讚嗎？還有我剛真的不是在發呆喔，是在看月亮。」

「看月亮？」

「嗯，感覺很熟悉，好像在哪裡看過。」他若有所思地又望向窗外。夜空中，皎潔的圓月隻身掛在黑幕裡；比起我們望著它，更像是它在望著我們。

「月亮……不就一直都長這樣嗎？」見大白講得認真，我反而不好意思笑。

「唔，不知道怎麼解釋，是說整個情境嗎，還是……」大白思索著，若不是見到他不時抽動的鼻頭，我大概會以為他又陷入發呆中了。只是在他來得及整理出一個頭緒之前，就突然地被打斷。一道又長又急的驚叫聲，在暗夜中劃破了天際。

那一聲迴盪在窗外的嘶鳴，即使沒刻意聆聽，也讓人無法忽視。

「那是什麼，有人在尖叫？」我愣住，一時分辨不出聲音的來源。

「不像是電視聲，好像是外頭傳來的……？」大白警覺地側耳。

沒有等待我們討論出結論，同樣的聲音，再次凝結住空氣般的響起。淒厲的悲鳴，不是出自於女生，也不是男生，而是來自某瀕臨絕望的動物。

「是狗？」我和大白不約而同的開口，對看了一眼。

「……我去樓下看一下好了。」他揉了揉鼻子，往門口走去。

「我跟你去。」我在睡衣外披上薄外套，不安地跟在大白後頭。

到了樓下，我們很快地就弄清楚發生了什麼事情。巷尾一台停靠的轎車旁，站著兩名皮膚黝黑的中年男人，還有躲在車底下，一隻驚恐掙扎的拉布拉多犬。其中一個男人抓著條包裝用的紅色塑膠繩，想把那隻脖子被套上的拉布拉多強行拉出，另一人則手裡拿著掃把柄，想從另一頭把牠逼離車底。

「你們在幹嘛啦！」搶在大白之前，我快步奔去。

拉布拉多犬是種對誰都很友善的狗，常常在外面被摸過頭後，就愉快地吐著舌頭，拋下主人想跟陌生的人回家。眼前這種拉扯的情況，很明顯地說明他們並不是牠的主人。

「……妳的狗喔？」拉著塑膠繩的男人，見到我出現有些意外。從口音和輪廓判斷，感覺是東南亞籍的外國人士。

「不是，但也不是你們的吧！」我生氣瞪著他。

「那就不關妳的事啊。」他帶著不以為意的笑容。車底下被塵沙染灰，不知原本是黃還是白的拉布拉多犬，看得出已經在街上流落一陣子了。

「對啦，回家啦！小姐，很晚該睡覺了！」車另一邊的男人，拄著掃把柄幫腔。

「快放開牠喔，不然我叫警察了！」望著牠膽怯的求救眼神，我知道自己不能離開。

「牠沒主人的吧！我們帶走又不犯法。」那兩人依然地沒把我當一回事。

「什麼不犯法，誰知道你們想幹什麼！」我沒有退縮，即使知道對方的前半句是事實。但連警察都不怕，我一時也沒有對策，總不能大喊我要代替月亮懲罰你……。

趴在車底下的拉布拉多犬，這時又被硬生生地猛扯了一下，發出淒厲的悲鳴。

「你……！」情急下，我伸手想去搶奪那男人纏在手上的塑膠繩。

不過力量的差距太大，一個拉扯後，反而是我重心不穩被推倒在地。摔在柏油道路上的膝蓋，讓我疼得流出眼淚。

上一次類似的場景，好像已經是國小時的運動會了……依然記得，那個在田徑跑道上磨破膝蓋的我，一把眼淚一把鼻涕地離開操場，把班上的接力棒逕自地留在原地。但今天，也是要這樣放棄嗎？我咬住嘴唇，不甘地忍著痛楚，從地上爬起。

只是當我準備起身時，才見到大白突現的背影，已經擋在我和那兩個男人之間了。

「喂喂，是她自己跌倒的啊……」手裡仍扯著紅繩的男人，有些緊張地解釋。不知道為什麼，雖然我只是望著大白的背影，卻能感覺到他漲紅的表情。

「小弟弟，你幹嘛，要打人喔？」持著木製掃把柄的男人，察覺到不對，從另一面繞了過來，態度比另一人還強硬許多。

我注意到大白握緊的雙拳，還有寂然離開月色、越漸走近他們的背影。即將的衝突，就在咫尺之間。此時，就算是車底下怯抖的拉布拉多犬，也能預見事情要變得更糟糕了……。

我想喊住他，卻在屏息中出不了一絲聲音，而麻木的四肢，更是斷了神經。彷彿自己是尊被絲線纏住的戲偶，只能座落在舞台角落，眼睜睜地看著事情發生。

大白……！最後，我分不清自己究竟是否有喊出口，還單純只是腦海中的吶喊，但在那微不足道的聲音能觸及他的肩膀之前，腳底下就傳來一了陣彈跳般的傾斜。

轟然的低音，突然壟罩住視野，整個畫面皆上下劇烈搖擺起。街燈隨著晃動忽明忽暗，一台靠在電線桿邊的機車，也抗拒不住地怦然摔倒。地震……是地震！？

我啞然驚呼，在跪姿中逐漸穩不住平衡。

原本與大白對峙的兩個男人，在這強烈晃動下，也不禁扔下手裡的繩棍，緊張地抱住在一起。拉布拉多犬則趁勢逃離車底，躲入蹲在地上的我懷裡。

「大白，地震！」我擁住那隻顫著身體的多多，對前方喊叫。大白仍如石像般地杵著，在急劇晃動中一點反應都沒有。

世界就像是失速的海盜船，即使閉上眼睛也無法抵抗那陷入地心的錯覺。所幸，在我以為就要天崩地裂前，就像開始時一樣突然，地震嘎然一聲地靜止了，萬物再次沉寂下來。

摟住的兩個男人張望了一陣，才尷尬地放開對方。大概被嚇到沒心情，他們面有菜色地牽起了那台倒下的機車後，留下我們。騎離時，我見到他們機車菜籃裡，有一大包烤肉用的木炭。

我鬆了一口氣，低頭見到弄髒的睡褲，簡單地拍了拍，但無論如何回家後都得再換另一件了。撫著作疼的膝蓋時，我注意到大白仍愣在原地。他緩緩地轉過頭來，臉上是毫無血色的蒼白。

「你還好吧？」我見狀走近，輕輕碰了他，發現那身背影異常僵硬。

「……」大白半張著口，目光游離地，好像仍處於餘震中。

「不要怕啦，沒事了。」我緩和地安慰著。先前黏在身邊的拉布拉多犬，也寸步不離貼了上來。

「剛才，好像有什麼……」大白喃喃地望回我。

「是啊，地震。」我解釋道，即使這解釋應該是很多餘。

「不是，我是說……感覺到，還是想起了什麼。」他搖了頭。

「想到了什麼嗎？」

「不知道……見到了感覺有妳的片段，卻又沒見到妳……」

「你在說什麼呀……」我難為情的笑容，一閃而逝，因為見到了他漸泛紅的眼眶。

大白怎麼了，被地震嚇到嗎？但他說有我的片段，指的是什麼……如果是這兩天的事情，為什麼會有這樣悲傷的眼神？難道說在海灘見之面前，我就不自覺做過了些什麼，讓素不相識的他有難以釋懷的印象？

「那片段……那張臉，越來越清楚……」大白忽停住半刻，好像有了頭緒。

「？」我不敢作聲，生怕打斷他好不容易尋索到的回憶。

「啊，好像……是麥當勞叔叔。」他認真地望向我。

「……」我瞬時傻眼，原本期待不安的情緒一掃而空，取代地是想朝他臉上槌去的衝動。雖然不敢自詡正妹，但五官清秀、長髮披肩的我是哪裡有像麥當勞叔叔……。

跟邊的拉布拉多犬，大概察覺到我情緒的波動，伸舌舔了舔我指尖。牠微笑般，但蒙上一層黯淡的灰毛，仍不時顫抖著。一連碰上天災人禍，也難怪會這樣驚魂未定了……想到這，我心疼地摸了摸牠頭。

「唔，為什麼我剛會突然想起麥當勞叔叔呢？」大白又抓抓下巴，兀自思索。

誰知道……說不定是被硬拖回我家，不能抱著麥當勞叔叔睡覺，所以很難忘懷吧？我故意不回話。不過……真的好險有剛那場地震，否則曾被我一擊打暈過的大白，若和那兩個大男人起衝突，下場一定會更慘。

「回家了啦。」我假裝不想理睬，轉身往回走。

「汪！」身旁一聲，牠搶在大白之前，愉快回應道。

我停下腳步，想起拉布拉多這種狗，只要被摸了頭，就會乖乖跟你回家。

11.

「咚咚。」

模糊中，聽見了不屬於我夢境的聲音。半睜開一隻眼，見到窗外的天空未白，很明顯地還沒到鬧鐘該響的上課時間。我把被子蒙上臉，本能地把自己與世隔絕。

「咚咚咚。」但那聲音再次響起，像是飛蚊般地擾人，透進了棉被內。睡意已消大半的我，不甘地摸向床頭邊的鬧鐘。仔細一看，才剛五點半。是樓上住戶的小朋友在隨著巧虎的卡通跳舞嗎？但現在也太早了一點……。

「同學，姚同學？」房門外，傳來個男孩子的詢問聲。呆愣了一會，我才意識到方才是有人敲門。

「早啊。」大白一見我半露出門縫的臉，爽朗地打了招呼。

「早……你怎麼那麼早起啊？」揉了揉眼睛，我困惑問道。

「可能是前兩天睡太多吧。」他不好意思地笑笑。

「所以你敲門，是為了說早安嗎？」我有點哭笑不得。

「不是，是叫妳吃早餐啊。」

「……」

「怎麼了？」見我沒答應，他有點遲疑的樣子。

「我一般……不會那麼早下床吃早餐的。」吸了口氣，我盡量地心平氣和。

「喔，這我剛也想過……那妳先回床上好了。」點了點頭，大白好像這時才發現自己的冒失，隨後一轉身地離開。

我倚在房門口，無言地不知該如何反應。從有記憶起，我會在這個時間起來，大概只有學校旅行和鬧鐘調錯的時候。而且剛才突然從夢中被喚醒，重回現實的心情完全沒有準備好……。

我不情願地盤腿坐回床舖，想記起剛睡夢中的場景，卻怎麼樣都回想不起來。嘖，這種夢做一半，半途而廢的感覺……真的是好不舒爽。我望著房內的連身鏡，看見自己深鎖的眉頭，和想到好點子似翹起的頭髮。

「久等了喔。」忽然，大白從我未闔上的房門推了進來。

「咦，等等！」穿著鬆垮睡衣的我來不及反應，差一點沒從床上跌下來。

「啊，小心……！」他像是想要扶我，卻空不出手來，因為雙手正端著張餐盤。餐盤上，擺了個用菜盤蓋住的大碗。

「這是什麼？」恢復平衡後，我瞪大眼不解地問道。那張歐式餐盤的來歷，是好幾年前小姑姑送的，我還記得，但不解的是大白為什麼要拿進來。

「早餐啊。」他理所當然地，把那盛著大碗的盤子放平到我床上。

「抱歉喔，沒有問就進了妳家廚房，因為想說借住這過意不去，就想……至少可以幫妳準備早餐。」大白繼續解釋。

「……」我看著放上床的餐盤，很想起身，卻又怕把它打翻。

「這樣端來，妳不用下床就可以吃了吧？」

「呃，謝謝。」雖知道對方做了我該道謝的事情，但總覺得思緒打結中。望向大白期盼著什麼的微笑時，我驚覺地趕緊將視線在房內掃了一圈，所幸沒有任何不該被看見的東西未收好。

「來，趁熱吃吧。」大白打開了蓋在碗上的菜盤，而隨後映入眼簾的，是一碗熱呼呼的……排骨雞泡麵。

「其實不想那麼早吵醒妳，只是水沖下去才想到，如果麵泡太爛就不好吃了。」大白說著，似乎所有的事情都合乎邏輯。

「好奇怪啊……」詞窮的我，已經不知道該講什麼。

「嗯，我知道一般都有加雞蛋，但妳家冰箱裡找不到。」

「不，我的意思是，哪有人早餐就吃泡麵的……」

「因為……我不會做其他的啊。」他一臉遺憾地，遞了給我餐盤上的筷子。

12.

「咦，怎麼回事？」小妙一進教室，連書包都還沒放下，就小聲問了我。

「……就不習慣早上吃泡麵啊。」我埋首在沒來得及複習的課本裡，幽幽地說。到了學校後，我才想起昨晚一連串的事情，讓我連書包都沒打開就上床睡覺了。

「泡麵？不是啦，我是說他怎麼會在我們教室。」小妙暗指了指我後頭，原本空置的那個座位。穿著本校運動服的大白，此刻正安坐在那。對上小妙眼神時，他點頭打了個招呼。

「喔，因為他記憶還沒恢復……好像沒有地方可以去。」頓了頓後，我小心地解釋。今早出門和大白道別時，想到讓失去記憶的他在街上亂晃，就不太安心，所以索性把他一起帶來了學校，打算放學時再一起去趟警局，看看有沒有新消息。

「所以，今天和我們一起上課嗎？」

「應該沒關係吧？反正後面一直都空著……」其實我本想讓他在學校圖書室等的，但大白卻一路跟進了教室，說是覺得一人在那不自在。反倒坐在我後頭，就好像那原本就是他座位地自然。

陸續進教室的同學們，似乎都把大白當成了轉學生，就算有疑問，也只是好奇他為什麼會在這個時間點換學校。雖然大白只是支支吾吾地回應，卻沒有人在意，大概是覺得他學測考得很好，所以高三下學期去哪裡讀完都無所謂。覺得詭異而低聲討論的，則是懷疑大白家可能是在跑路，所以臨時換了學校……。

「對了，昨天的地震好大，嚇了我一大跳呢。」坐在隔壁排的小妙，從書包拿出課本和鉛筆袋時想到。

「是啊，很恐怖呢，看新聞說有六點多級。」我附和。

「我那時在看書，整個座位在晃，還以為坐太久昏頭了。」

「如果那時我自己一個人，一定也會嚇死。」我心有餘悸道。

「妳爸媽不是還沒回來嗎？」

「嗯……那時，就剛好下樓，街上有其他人……」為避免再次嚇到小妙，我決定暫時不提把大白帶回家的事。

地震的話題，除了我們，其他同學也在各自討論著，直到課堂開始，大家才安靜下來。

第一堂是英文，教課的林老師在所有科任老師中，記憶可以算是最好的，幾乎所有學生的名字她都記得。不過就算如此，也沒有馬上意識到本班多出了一位學生。因為大白沒有課本，我把英文筆記借給了他，以免桌上沒東西顯得突兀。

聽著大白在後頭跟著唸誦黑板例句的聲音，我不由覺得把他帶來學校是正確的決定。就算不是我們學校的，但在這上課的時間，身為學生的他就應該學習不是嗎？不過另一方面，留在家裡的泡芙……那隻昨晚一起帶回家的拉布拉多犬，我就有些掛心，不知牠自個在陽台會不會無聊呢？畢竟那兩個人還是很有可能會回來，把牠留在街上實在是太危險了。除此之外，好像還有什麼懸在心裡……？

「嘿，大白，早上你有看泡芙的碗還有水嗎？」我回頭悄聲道，因為出門前只記得幫泡芙裝飼料，忘了檢查牠的水盆。

「有啦，我有補滿。」大白點了點頭，要我放心。

「陽台門有關好嗎……？」

「有……」雖然他和泡芙都都是第一次投宿我家，但兩者都還蠻乖的。

「姚幼希？」突然地，林老師喊到我名字，讓大白與我同時噤聲。幾句簡短的交談，看樣子已經超出了她的容忍極限。

「上課認真一點！不要和後面的……嗯？」她視線停在大白身上，發現了本班的新面孔。同學們紛紛望了過來，不知道是期待大白的自我介紹，還是等著林老師後續的反應。

被眾人集中目光的的大白，不安地坐直身子。

「咦，突然記不起名字，明明就知道的……。」林老師狀似在回想，手上原字筆輕敲著講桌。

明明就知道？難道林老師知道大白是那一個班級的嗎？聽見她這樣說，我訝異地抬頭，完全忘了剛被喊到名的尷尬。

「老師，他是新轉來的同學啦。」只是在我等到答案前，張偉雄見老師眉頭漸深，便出聲解了危。張偉雄是班上的英文小老師，和林老師的關係很好。

「嗯，難怪想不起來……新同學，有事情下課再說，不要分心。」或許是找到了台階下，林老師沒再追究，重新回到了黑板上。

沒見過林老師忘記哪個學生的名字，所以真的只是記錯了嗎？我有些失望，
但還是跟著大家拾起了課本。

相遇這一刻，
世界轉動！

13.

下課空檔時，我獨自去了教職員辦公室，因為想要找廖老師討論這幾天讓大白暫時留在我們班上的事情。雖然或許不講他也不會發現，但我擔心這樣做有欠思慮，所以還是報備一下，聽聽他的想法比較妥當。

沒想到在他的空位前等了許久後，才被隔壁桌的江老師告知，廖老師好像又睡過頭了，已經打電話提醒他趕來上下一堂課了。

為什麼該上課的日子會睡過頭呢？明明是已經當上老師的人，是從學生時期就養成了這樣的習慣嗎？再缺堂下去，不知道會不會今年和我們一起畢業了……回教室的路上，我不免這樣擔心起廖老師。

一回到教室，我就後悔剛才離開了。班長謝國宗杵在大白座位前，正等待著他回答什麼事情的模樣。大白很明顯答不上來地扭著鼻子，一見到我，就露出了求救的眼光。不知道班長剛問了什麼問題……難道他發現大白不是我們學校的人了嗎？

「那個，對不起，這事情問我好了……」我趕緊到他們身旁，卻不知道要怎麼開口才是。

「為什麼，這應該由他自己說吧？」班長謝國宗見我突然介入，有些意外。

「不，因為這件事，責任在我身上……」我諾諾地半低下頭。

「呃，雖然不懂妳意思，不過既然這樣講，就快一起決定吧。」他晃著手上的一張白紙條。

「一起決定？」聽班長這樣說，我更不知道怎麼回答了。

「是啊，你們兩個中午都要訂便當吧？但他看了菜單好久都不能決定。」班長望向大白。

「因為不知道哪個比較好吃啊。」大白有些困惑地出聲。

「那……兩個排骨便當，謝謝。」我微笑地告訴班長後，瞇眼看著大白。

14.

我把手上A4紙塗上漿糊後，貼在面前的電線桿上。

「好了，下一張。」我朝身後捧著兩大疊紙的大白說道。他抽出一張遞給了我，紙上頭印著『本人尋獲拉布拉多公犬一隻，若是您家的愛犬，請盡速來電聯絡』，還附有一幅泡芙的大頭照。拍照前我們特地替牠洗了澡。少了之前的流浪滄桑，泡芙顯得格外清爽可愛。

「姚同學，這樣會有效果嗎……？」大白有所懷疑地問著。

「如果牠是走失的，也只能這樣了呀。」這是我唯一能想到的方法。剛才放學後帶了泡芙去了獸醫診所檢查，雖然大致健康，但身上並沒有晶片植入。

「不是，我是說我的。」他指著我先貼上的第一張告示，上頭印著『失憶男孩需要您的協助，若您知道這是誰家的小孩，請盡速來電聯絡』，一旁則是大白的半身照。

「可能只是還沒想到去報警，但一定有家人和朋友在找你吧。」我把那張告示的邊角再撫平了一些。帶著泡芙去看獸醫前，我們先去了警察局，他們仍然沒有接到符合大白條件的尋人報案。

「你剛應該再微笑一點的。」我望著告示上大白無辜的面容，與現在他的表情如出一轍。

「如果笑的太假，可能反而讓人認不出吧。」他難為情地回應。

「也是啦……」我想想，覺得這話也不無道理。剛要幫大白拍照時，怎麼要求他也不肯笑一個。

「對了，不要一直叫我姚同學，好彆扭喔。」我想到似地提醒他。

「因為我覺得連名帶姓地叫人不禮貌啊，還是……直接叫妳阿希？」大白想了想後，不確定地問了我。媽的嗓門很大，想必那天晚上透過話筒被他聽見了。

「不行！敢這樣叫我你就完了。」我拉長尾音反對。這讓我氣質盡失的小名，就算是小妙也不知道，怎麼樣都不能傳回學校班上去。

大白警覺地閉上嘴，蹲下身去綁鞋帶，儘管看起來並沒有鬆。

我憋著氣想想後，好像也沒太多好選擇。畢竟對方是男生，跟著小妙她們那樣親暱喊我幼希不太妥當。他現在白天跟著我上課，反而喊我同學沒有什麼不對……。

「那找下一個地方貼吧。」我把漿糊蓋子稍微合上，思考接下來要往哪條街走。我們早先在便利商店各印了一百張，現在才貼了一半不到。

「不過妳不去補習，真的沒關係嗎？」大白望著我們走來的方向。

「還好啦，你們的事情比較重要呀。」我說著，沒想到自己蹺課可以這樣翹得心安理得。

接近八點多的街上，來往的行人和車輛皆沒有滯怠地忙碌前進，彷彿整個世界除了我們，大家都不需要去思考接下來的路在哪裡。

「哇，都這麼晚了，我們買東西帶回去吃好嗎？」看了時間後，我才意識到我們差點要錯過晚餐。

「……回去？」

「回我家呀。」我理所當然地說完後，才想到這件事對大白來說並不是一樣的理所當然。無處可去的窘境仍然沒有改變，但他不去我家的話能去哪裡呢……？我擔心又要像前晚那樣，重新說服他一次。

所幸，並沒有見到預期中的抗拒，大白只是配合地點了頭，然後把餘下的那疊尋人廣告收進背包。

「嗯，乖。」見他出乎意料地順從，我忍不住開口稱讚。

「什麼？」他不明究理地愣道。

「呵，沒事。」我趕緊跟著收拾張貼海報的工具。若是他剛沒出聲，我可能會不小心拍拍他的頭。

15.

買晚餐時，為了避免他花上半小時在櫃台前決定該吃什麼，我直接省事地像中午一樣點了兩個排骨便當。

回到家，配著電視新聞，大白和我在客廳扒完了飯盒。我特意留下了一半的排骨和白飯，要留給泡芙加飼料當晚餐。泡芙的胃口很好，或許是流浪過的緣故，只要進了牠碗裡的東西，都留不過一分鐘。前晚只是回頭幫牠裝個水，一整碗公的飼料就消失了；若是記憶不好的人，大概會以為忘了餵牠。

「剩下的還要嗎，我拿去餵泡芙喔？」我邊收拾桌面垃圾，邊望去大白的便當盒。裏頭還剩餘些飯菜，但他已經放下筷子好一會兒，喝起附贈的飲料了。

「就是特地留給牠的啊，還有這個一起吧，今天打掃學校游泳池時撿到的。」大白放下咬著邊緣的養樂多瓶，把一隻玩具鴨子從外套口袋掏出給我。是平常小朋友洗澡玩的軟膠鴨子，看得出在太陽下曬過了一段時間；灰灰淡淡的黃色，讓我聯想到剛見到泡芙時的模樣。

原來，他也一樣擔心泡芙整天在陽台外無聊。我會心一笑。

大白剛才一直關注著電視新聞，吃飯時都沒怎麼說話。我猜他是期待能發現與自己有關聯的報導。不過已經看了好一陣子，始終沒見到有誰家小孩失蹤的事情。大白的家人為什麼還未報警協尋，仍是個謎……不過除非他是富豪或藝人失蹤的兒子，否則我想就算報警了，也很難占上晚間新聞版面，畢竟每天都發生那麼多重大的國內外事件……。

剛報導完澳洲男星來台吃小籠包的國際要聞後，接下來的科技新知，記者講解起要如何自拍，才能讓臉看起來更小。

「要不要看別台呢？」見大白專注看著每一則新聞，我希望他能放鬆一下，拾起桌上的電視遙控器。

「啊，不用轉啦……」慢一步朝遙控器伸去的大白，正好……擱上了我的手。

「對不起！」他急忙道歉，雖然一摸到就反射性地彈了開。

也縮起手的我，明明知道沒什麼，臉卻忍不住紅起。那時間短暫得連眨眼都來不及，卻讓我確實感受到了另一個體溫。

「……啊，色狼。」為了掩飾尷尬，我故意這樣開了玩笑。

「什麼！才不是咧。」他慌張搖頭，卻又百口莫辯的樣子。

「噗，開玩笑的啦。」

「一點都不好笑啊……」大白難堪地鬆了口氣。

「那……來看其他有趣的嘛。」我按了遙控器上的隨機選台，電視畫面切換到播放著八點檔本土劇的頻道。劇中的婆婆，在和藹地送了兒子出門上班後，旋即回頭甩了媳婦一個巴掌。

「呃，這個有趣嗎？突然接著，劇情會看不懂吧？」他頓時愣住。

「不用擔心，很容易懂的。他們在對話和做任何事前，都會很貼心地解釋自己心裡在想什麼。我偶而一個月看一集，都可以跟上進度了。」

「這樣喔……」大白懷疑地望回銀幕。

見成功轉移他注意力後，我轉身做了鬼臉，把裝著剩餘食物的便當盒帶去了陽台。

門一開，泡芙就搖著尾巴興奮地想撲上來，看得出憋一整天了。如果教室裡還有多一張空位，或許也應該帶牠去學校的？

我將那隻塑膠鴨子滾到泡芙面前，趁牠興奮撲去的空檔，把飼料倒進便當盒裡。彎起腰時，口袋的電話剛好響起。

「喂，幼希，在看書了嗎？」是小妙。

「還沒呢，才剛吃飽。」我把紙盒放到泡芙的面前，摸了摸牠厚實的毛背。

「妳知不知道那個男生，放學後會去哪裡啊？」她突然問到。

「……怎麼了嗎？」我心虛地應道。當然知道那個男生，指的就是大白。

「沒有啦，只是看他在教室裡都不想離開妳的樣子，有點擔心。」

「哈，有嗎？可能因為他誰都還不認識吧。」我朝屋內望了一眼，輕輕地把陽台門闔上，避免泡芙偷溜進去。

「可能吧，但還是要注意點呀。因為他在醫院醒來時，第一眼見到的是妳，搞不好會有雛鳥情結呢？妳知道的，就是像剛出生的小鳥，會一直跟著最先見到的生物……」

「妳是說他會把我當成媽媽嗎，噗。」我笑了出來。

「哈哈，我是說比如啦……總之，我覺得在事情變得更麻煩之前，還是趕快幫他恢復記憶，讓他回原來學校比較好。」

「我也希望呀，但不知道該麼幫他。」除此之外，我更想知道大白那天在沙灘上的舉動是為了什麼，還是將我認錯為了誰……。

「嗯，可能讓他多接觸以前熟悉的人事物和地方吧？」小妙想了後建議。

我點了點頭，即使電話那端的她見不著。

我們的話題，之後又轉到了同班的其他同學上。開學之後，班上出現了難以言喻的氣氛變化。至少有一半的人，都在準備學測下一階段的面試和自傳，課堂上的內容已經不是他們來學校的目的了。雖然非刻意，但他們與我們這群仍需要繼續準備七月考試的人之間，似乎產生了一種微妙的隔閡。

掛上電話後，泡芙早已經清光了食物，在角落留下一團剛出爐的糞便。沉甸甸地，且盤起的形狀像是份冰淇淋，只是冒著友善的熱氣。

清理完陽台再次回到客廳時，電視上仍是同一個頻道。剛才的八點檔連續劇早已結束，不過我猜大白應該沒有把它看完，因為他正側倒在沙發上，酣熟睡著。

「大白？」我走近喚著，順手關了電視。

「唔……」他皺起眉頭，把臉塞到了朝椅背的那一面，疲憊地呼吸著。

「去房間睡吧？」我輕拍了他的肩膀，不過卻沒有反應。本來還想叫大白先去洗澡的，見他這麼累的樣子，便打消了念頭。

我輕吐了口氣，走去裡頭拿了件毛毯出來，替大白蓋上。

「那晚安喔。」我望著他曲在沙發上的身子，像是個嬰兒般沉睡。聽見我似地，大白接著呢喃一聲，像是也說了晚安。

我關上客廳電燈，放輕腳步，回到自己的房間。

16.

一個禮拜的時間，就這樣按部就班地隨著課表過去了。

大白跟著我上課出門和下課回家，不要說是其他人，就算是我，也快產生了他原本就是我們班上同學的錯覺，雖然說有好幾堂課，我都發現他在打瞌睡……。

廖老師不知道是認同我的安排，還是單純地沒發覺，對於大白出現在班級上的事，始終隻字未提。

因為陽台的活動空間有限，有幾天晚上，我和大白牽了泡芙去附近的公園透氣。即使我應該為了爸媽再一週就要回來而感到緊張，遛狗時的悠哉氣氛，卻讓我覺得這樣平淡簡單的小生活，比未來畢業後的人生還有真實感得多……但另一方面，之前張貼的告示似乎效果有限；不論是找大白或是泡芙的電話，一通都沒有接到。

「去海邊……郊遊野餐嗎？」一週六早上，大白聽了我提議後問道。

「不是啦，是正事！就是你昏倒的那個沙灘。到了那裡後，或許可以幫你想到些什麼。」那天晚上和小妙聊過後，讓我一直有這個想法。而且幫大白盡快回到應屬的生活，本來就是我的責任。

「喔，因為看到妳準備的東西，還以為……」大白望著沾板上，我正對半切開的三明治。

「總要準備午餐呀，那邊沒什麼賣吃的。」我心情愉快地解釋著。吐司中夾著荷包蛋、火腿、番茄和奶油，品相就像早餐店菜單上的圖案一樣漂亮，連自己都忍不住想稱讚自己了。

「我可以幫忙什麼嗎？」大白興致勃勃地湊近。

「沒關係啦，我來就好。」我專心切去吐司邊，沒有去那吃泡麵的打算。

「那我可以去樓下便利商店，買洋芋片帶去嗎？」

「不行，就說不是去郊遊了嘛！」我堅持道，接著用餐紙把三明治包妥，放進一旁已擺有蜂蜜蛋糕和包裝果汁的小竹籃裡。洋芋片這種咔吱咔吱的零食，一點都不適合海邊的氣氛。

在車站等著發車時，排隊的乘客是意外地少。除了我和大白，只有前頭幾位提著菜籃的老婦人，我猜想他們在途中經過傳統市場時，就會下車了……雖然自己的手裡，也拎了個竹籃。

上公車後，面對滿車空置的座位，我撿了中間靠窗的椅子。正當把裝著點心的籃子小心翼翼地擱到腳邊時，我注意到原本跟在後頭的大白，選了前一排的座位坐下。我看著身旁的空位，突然覺得有些悶。

大白是因為我不讓他買洋芋片，所以不想與我坐一起嗎？

「天氣不錯耶，太陽好大。」大白轉過了頭來搭話，但見不出有芥蒂的樣子。

「嗯，是呀。」我附和，語氣盡量自然。

不過接下來的車程，我只是盯著窗外的景色，即使知道他回頭望了好幾眼。難得可以在週末放鬆心情，欣賞沿路風光，不想多講話……應該也是很合理的吧。

坐公車到目的地的海灘，大約要一個鐘頭。

爸曾聊過那個沙灘在他還是學生時，是知名的海水浴場，每到假日都是比肩接腫的人潮；不但年輕人喜歡去，更多的是父母帶著小孩一家出遊，想要找一塊空地鋪平野餐巾都難。不過後來因為環境污染，海水變色，沙灘滿是垃圾積滯，失去風采的海灘不再受遊客們歡迎，管理單位最後也關閉了經營。

這幾年有不少志工團體參與整理，海邊雖然少了些廢棄垃圾的味道，但去年高二首次參加學校淨灘活動時，仍無法想像只經過短短的一年後，就可以在第二次造訪時，重新感受到它原本大自然的美。

公車路線的終點站，就是這海灘。我故意忽略前座的大白，很快地逕自下了車。

抵達前，我一度害怕上次見到的怡人美景，只是短暫的海市蜃樓。所幸，映入眼底的，依舊是那片世外桃源般的金色沙灘和碧色海洋。這樣引人入勝的景點，奇妙地只有我們兩個遊客。

剛入春的陽光很和煦，一點都不刺眼，但我還是戴上準備好的遮陽草帽。畢竟來海邊郊遊野餐……不，只要是來海邊，遮陽帽和海灘鞋本來就是必須的。之前參加學校淨灘，穿著規定的運動服和球鞋時，我就在腦海想像過，如果可以穿得更融入這個景色有多好。

依舊是同一套運動服的大白，望著遠方沿岸一整排的發電風車，姍姍走來。直聳的風車們，轉著栩栩如生的大翼片，滑順地讓人察覺不到它們正運作著。

「有印象嗎？」我好奇看去同一個方向。

「不，只是覺得很厲害啊，像是科幻電影的場景一樣……」大白一臉讚嘆，好像還想說些什麼，但我抿嘴別過了頭。

踩上了沙灘，我繼續前進。海灘帽的邊沿，在視線內隨海風起了舞，像是呼應著遠方的浪潮。帶有獨特氣味的海風，有股見不著的存在感。淡淡鹹味，在舒爽的日陽下，像按摩般的輕拍著兩頰。

「同學……妳有不舒服嗎？」見我往前走，大白小跑步跟上，打斷了我的遐想。

「沒有啊。」

「喔，就看妳好像悶悶的樣子，都沒有講話。」

「我有做什麼一定要和你講話嘛。」不知道哪裡來的糾結，我就是沒辦法好好地說。

大白楞了楞後噤聲，對我的不悅不明所以。但不要說是他，我也是一樣的不懂。

「走啦……帶你去看你昏倒的地方。」原想開口道歉，我卻拉不下臉，只是望著他腳邊說，因為明白對方其實並沒有做錯什麼。

「喔喔，好啊。」他簡短答應到，大概是怕多說了幾個字，就又多了幾分讓我不開心的風險。

於是一先一後地，我領著大白，朝著更前方的淺灘走去，那個我和他遇見的初始。

17.

「碰到你的地方，應該……就是在這附近。」大白當初倒在沙灘上的人形印，早已被沒間斷過的薄浪沖蝕而消失。我望去數公里同樣景色的海灘，只能大略做猜想。

腳邊清透無色的海水，在朝向世界彼岸的旅途中，漸漸昇華成了碧藍色。很可惜泡芙不能上公車，不然我真希望能看見牠在海邊開心玩水的樣子。

「不知道我那個時候，為什麼會來這裡呢？」大白望著陸續駛回的浪潮，在抵達腳邊前就褪去。

「你後退一點嘛，小心鞋子濕了。」我提醒著。和我腳上的海灘鞋不一樣，他那雙運動籃球鞋看起來很昂貴，卻不像可以防水。

大白笨拙退離了兩步，但腳跟像是敲到什麼東西，差一點被絆倒。

「啊！」我看去那在細沙中突起的物體，瞬時就知道了那是什麼。雖然底部被埋在了泥沙內，那如象牙鮮白的尖頂，卻依然醒目。上次淨灘時見到的那顆大海貝，就在他腳邊靜靜躺著，等待我回來似。

我驚喜地將那貝殼拾了起，拍去沾上殼的沙。

「喔，好大的貝殼。」大白望了過來，好像已經忘記剛才差一些因為它跌跤。

「是呀，它就是……嗯，那天我拿來敲昏你的那個貝殼。」說著說著，我才意識到。當初在等待救護車時，它被留在了原處。

「難怪我會失憶了。」他有所感觸地望著它。

「嗯，不過這就代表，我們碰見的點，就在這裡……從這邊，你有想起什麼嗎？」我試探問著。

大白環起臂，邊看著那貝殼邊回想，卻又好像少了些連結。我注意到他在認真思考時，會有抽動鼻頭的習慣。

「還是，我們來還原當初的情況看看？」左思右想後，他提議。

「……你確定嗎？」望著他臉，我半舉起手裡的貝殼。的確是有聽過，很多失憶的人再發生一次同樣意外後，就恢復了記憶。

「呃，等一下，先放下手……我是說從我們碰見，到妳打量我前這段期間的事。」大白連忙出聲。

「……」我眨著眼，但講不出話。

這幾天，大白陸續問過我幾次那時出手的原因，但我總是含糊地沒講清楚。他不明白現在自己所要求的，很有可能會讓我真的再敲暈他一次。

「所以我是真的說了什麼很過份的話嗎？」見我這反應，他有些不安。

「不是，你沒說什麼……其實是你出現後，突然抱住我。」事到如今，我小聲地道出實情。

一陣沉默後，我抬頭才見到大白尷尬憋紅的臉。

「會不會是因為，那時妳快要跌進水裡，或是怕妳踩到狗屎……」他結巴著，明顯不敢相信那是自己做過的事。

「才不是呢！你真的就是走過來，然後莫名其妙地抱住我！」我不甘地解釋，即使需要解釋的人不應該是我。

「怎麼可能……」

「就真的呀！」

「我連……坐車坐妳旁邊都會不好意思了，怎麼會……」大白仍是不可置信貌。

「等等，你說……剛才搭公車，你坐前面是因為不好意思和我坐嗎？」我想起剛才那耿耿於懷，卻又不願承認的彆扭。

「呃……我怕妳會覺得，空位那麼多還刻意要擠妳旁邊，是想要幹嘛啊……」

「噗，我還以為你是在生氣洋芋片。」

「洋芋片？」

「就剛沒有給你買啊……哎呦，沒事啦。」我搖搖手停住這話題，越說越覺得自己小心眼了。

「……可是，我還是不懂，為什麼自己會那樣。」大白把掌心在長褲上抹了抹，感覺出了不少汗。

「那時好像有聽到你喊我名字，會不會你在哪裡認識過我呢？」我替他猜想原因。

「咦，是嗎？」

「呃，不過就算是……你現在一定也不記得吧。」我想到如果他記得，就也不需要我瞎猜了。望著身後，我真希望過去發生過的事情，能和我們在沙灘上留下的足跡一樣，只要回頭就可以追尋到。

「那希望……我是認識妳的。」大白說著，吐了口長氣。

「不過也有可能是我聽錯啦，因為怎麼想，都不記得自己有在哪見過你……」

「會不會我們是很久以前的朋友，只是長大後變得很多，讓妳認不出了？」

「嗯……那假設我們是很久沒見的國小同學好了，但你一見面就這樣抱上來，還是很奇怪呀？」他的說法我也曾想過，不過怎麼都解釋不了這疑惑。

「呃……」大白望著眼前海洋，答不上話來。聽說很多詩人一見到大海，就會文思泉湧，可惜大白不是個詩人。

「所以，大白你失憶之前，果然是個色狼吧？」見他苦惱的臉，我情不自禁地又開了玩笑。

「什麼，不可能的吧！」他緊張起。

「呵，幹嘛那麼認真啦。」雖只是幾天的相處，但我感覺到他應是個正直單純的男生。人就算是失去記憶，個性或壞習慣什麼的，應該是不會一起遺忘吧？

大白明白我不是認真的後，雖然放鬆了些，表情仍留有些許尷尬。他退離幾步，在沙灘乾燥處坐了下。

「不好意思，讓妳特地帶我來這邊……」。

「……」我聽著他黯淡的語氣，回頭望去。

「這海邊好漂亮，可惜什麼都還是想不起來啊。」大白兩手向後撐在細沙中，神情難免落寞。

「慢慢來呀，去年我第一次來淨灘的時候，也不相信這邊會變得那麼美。」我安慰道。剛拾起的海貝仍捧在手裡，我打算今天要將它帶回家。

「一年的時間，就差了很多嗎？」

「嗯，如果是以前，隨處都有垃圾，你一定不敢這樣坐下。」我點點頭。一年在這世界來說，就像是一眨眼的瞬間吧？還以為大家說的海枯石爛代表永恆，如果不是親眼見到，我真難想像景色能在這短短時間裡，像魔術般地換幕。

邊說著，我用手環住膝蓋，在大白身邊坐了下。

大白看了過來，但假裝沒看見似地，目光很快回到遠邊的浪波。柔順的海風，就這樣平靜圍繞在沉思中的大白，和陪伴他回想著的我身邊。兩人間距離，就像剛才公車上，如果他有坐在我的隔壁。

「其實這海邊，好像妳家裡掛的那幅畫喔。」寧坐了好一會後，他開口。

「聽你這樣說，還真有一點呢。」我歪了頭笑著，不過高一完成那張畫的時候，這裡還沒有這麼美。下次如果再來，我希望能背著畫架……。

「對了，你餓了嗎？」我想起早上費心準備的餐點。

「哈，其實有一點耶。」大白不好意思地搔了搔臉。

「那我們來吃……」我開心的微笑才浮起，就發現了有些不對勁。肩上只有裝著錢包和小東西的帆布袋，那只從家裡帶出的竹籃子，左顧右盼都沒見著。

剛才賭氣下車時，那個裝著火腿番茄蛋三明治、蜂蜜蛋糕和果汁的濃濃野餐風竹籃……好像被我忘記留在了公車上。

相遇這一刻，
世界轉動！

18.

直到黃昏，大白與我才離開了海邊。

雖然沒有其他人打擾，整個沙灘都只有我們兩人，不過他過去的記憶就是無法與景色連結，什麼都沒能回想起來。其實出發前，我就有心理準備今天未必能有效果，不過離開時仍是有些失落，不知道是不是野餐籃遺失了的緣故。

「妳早上做的三明治，好像很好吃呢……」回程公車上，坐在身旁的大白突然喃喃道。

「呵呵，不好意思，讓你餓了一天。」我也覺得惋惜，無奈笑著。今天唯一的收穫，大概就是腳邊帆布袋裡的那顆螺旋海貝。

「下次出去時，可以再做嗎？」他期待的語氣。

「嗯，當然可以呀。」我很快地答應道，稍微釋然了些。

只是下次，是什麼時候呢？爸媽旅行，再一個禮拜就要回家。在那之後，就算大白還沒恢復記憶，應該也是無法再繼續待在我家了……。

公車還有幾站才會到達我們上車的總站，不過我在中途就按了鈴。

「我們在這下車了嗎，不是還沒到？」大白望著流動漸緩的窗外，表情有些複雜，因為前頭站牌旁，就是他當初醒來的那個醫院。

「嗯，我們在這站下。」我確定地點了頭。

太陽下山後的醫院建築，灰聳地像是被籠罩在了無生氣的憂鬱之中。並沒有濃密藤蔓的遮蔽，不過整排微弱的燈光就是透不了窗。

下了公車後，大白駐足在站牌旁，許久都沒動一下。

「你幹嘛悶著一張臉，去吃東西啦。」我拉了拉他外套的衣袖，示意他跟著。

經過放學常去溫書的市立圖書館後，街底映耀著兩排連串的掛燈，熱鬧的夜市瞬間出現在眼前。像是白天神隱的幻景，入夜後才會顯現。

大白意識到我們的目的地並非醫院後，鬆了一大口氣。從小到大，我去夜市吃晚餐的次數已經數不清了，不過和家人以外一起去，這倒是頭一次。

「老闆！兩份大腸包小腸，原味不要加蒜。」大白隨我在巷口的糯米腸攤外停下，沒等我出聲就開口點了餐。

「咦，你怎麼知道我要吃什麼？」想法被猜中的我，有些訝異。

「……好像，就覺得很順口？」忽然被問到，他吃驚的樣子好像也不下於我。聽他這回答，我也只能原來如此地點了頭。

這攤的生意很好，我們等了好一陣子，才接過兩袋熱呼呼的糯米腸。繼續朝夜市裡走，見到撈金魚和打彈珠的遊戲攤時，我依稀記得自己小時候和爸媽來逛，那張哭喪賴著不走的貪玩大花臉……。

「一杯木瓜牛奶……大白，你要什麼？」在常喝的冷飲攤外喊著，我問了身後的大白。

「我檸檬汁……唔，我怎麼感覺在妳點之前，就知道妳想喝什麼了？」

「最好是。」我故意噗哧了一聲，畢竟第一次猜中還有可能，第二次我就不相信他還能猜對。如果有那麼神的話，大白就可以在夜市擺算命攤，不用讀書了。

喧鬧的夜市與白晝下無人的沙灘，形成了強烈的對比。處在熙熙攘攘的人群中，我心情竟然有比在海邊時更寧靜的錯覺。好似是從靜止的畫布中，走回現實一般的歸屬感。

不過好幾次回頭時，差一點就見不到大白的身影。沒有間斷過的客潮，在我們之間不停穿梭著。他沒有好意思強硬穿過人群，所以一直拉不近和我的距離。

「你不要走不見了呦。」我停下腳步，等著大白跟上，擔心要是走失，就真的要去警察局找他了。

「夜市人真的好多喔。」

他一臉歉意摸著頭，不過對於往來的人潮仍是無計可施的樣子。

「你拉著這個跟我走好了……」想了一想後，我把手上帆布袋的握帶空出一塊。

大白頓了一會，但很快明白了我的意思。他牽住我騰出一角的提帶，小心不碰上我的手；不過即使裝作沒什麼，臉上還是溢出隱藏不住的害臊。

身為提議者的我，當然不能露出同樣的表情，只是硬挺直了背往前走。即使兩人仍是一前一後，我不再需要擔心地回頭，因為有著握帶另一頭的存在感。

拿著剛點的糯米腸和飲料，我們一路走到專賣蚵仔煎和臭豆腐的攤內，才坐下吃東西。大白不太自然地放開了帶子，讓我把帆布袋放在一旁的空椅上。

「要不要再多點一份其他的呢？怕你吃不飽。」我們在小方桌坐下前，只點了兩份臭豆腐。

「這樣夠了啊。」他面對著我，屁股在搖晃的塑膠椅上挪動。

不知道大白是不是因為不好意思多叫，但如果他一個大男生的食量，就真的這樣和我一樣，那麼我可能需要做些檢討了……。

「你好像對這裡蠻熟悉的，搞不好你也常來這個夜市耶？」我感覺到。

「唔，也不是說想起什麼，不過更像似曾相識……那種經歷過的事情，妳懂我意思嗎？」大白整理著思緒時，又動了動鼻頭。

「你是說那種好像發生過，卻又不記得什麼時候發生過的錯覺嗎？」聽他這麼一講，我有些能理解。

「對呀，有個專有的英文名詞記不得了……中文好像叫既視感之類的。」

大白邊講，邊望著兩份老闆端上的臭豆腐。炸得出汁的豆腐冒著熱氣，像是剛泡過溫泉後又進了烤箱。

「所以你原本喜歡吃的食物，現在看到了，會知道以前就很喜歡嗎？」我好奇問道。

「唔，可能會有比較特殊的感覺吧。」他從盤子裡插了塊豆腐，看得出仍很燙口。

「所以喜歡的東西，就算不記得了，也還是會喜歡？」

「應該是吧，我想。」他歪了頭，接著把臭豆腐附的泡菜，夾進大腸包小腸裡，津津有味吃了起來。看他奇特的搭配吃法，我一度想去阻止，但卻想不到理由。

不過照大白的說法，現在再看到以前喜歡的人，也還是喜歡嗎……？我胡思亂想著。

「那你這禮拜在我們班上會無聊嗎？」吹了好一會，因為怕燙，袋內的糯米腸我還是只能小口吃著。

「不會啊，大家人都不錯，如果就這樣一直到畢業，其實也蠻好的，哈哈。」

「但畢業後還要上大學耶，我看你除了數學，其他小考好像都……」我擔憂道。

「嗯嗯，好像是該也讀點書。」嘴角帶著醬汁的大白，若有所思地點頭。

不過當他恢復記憶後，理所當然，就會回去原來的學校和班級了吧？對於我這種只有數天之緣的朋友，日後的生活圈沒有交集，或許就不會再見到面了呢……。我不知不覺直望著思索中的他，直到他也望回著我。

「我臉上有什麼嗎？」大白忽然開口問了。

「沒有……啊，有，你嘴巴旁邊都是醬油。」回過神的我，有點臉紅。

「好像吃得太開心了，哈。」他抽了掛在攤架上的衛生紙，笨拙擦起嘴。

「嗯，我吃不下了，要吃我的豆腐嗎？」我見他東西已經都吃得差不多，自己的盤裡則還有兩塊未動。

「呃。」他一度動了手裡竹籤，但遲疑住。

「不要浪費嘛，都沒有碰過耶。」

我把臭豆腐的盤子推前，好一會兒後，才意識到自己再次說了蠢話。

相遇這一刻，
世界轉動！

19.

「我說你，不要一直亂想嘛。」離開夜市後，我斜眼看向大白。

「哪有啊。」大白辯解著，但力度薄弱，不知道是不是又想到早先被我稱為色狼的事。

「對了，坐妳隔壁的小妙是不是不喜歡我啊？每次和她打招呼，她都不太笑。」大白想起在學校的事。

「她最近心情不好，但不是你的關係啦。」

小妙這陣子和家裡不太愉快。對國文很有興趣的她，原本是想選中文系，不過父母覺得沒出路，所以強烈反對；加上之前學測不如人意，所以近來笑容少了很多。與我的情況有些類似，只是小妙比較直性子，不是那麼容易妥協。

回家路上經過超級市場時，我想起家中的狗飼料已經快見底了。泡芙的食量很大，之前若不是有拌著飯吃，小包裝的狗食根本撐不了牠一個禮拜。由於有大白可以幫忙扛，我買了包十二公斤的飼料。

剛結帳完，大白就主動地一肩整包扛起，大步走向門外。我收好錢包，小跑步追上。

「一人拉一邊，一起抬吧？」我喚著他。

「不用啦，又沒有多重。」飼料袋擋住了大白的表情，但語氣堅持。已又是夜幔高掛的時刻，我望著懸在市景上的月亮；黃澄澄地像顆橘子，如上週地震那晚一樣的渾圓。大白的步伐沒停下，不過呼吸漸喘。

「不要逞強嘛，兩個人抬真的比較輕鬆。」我見狀，再次提議。

「我這樣也很輕鬆啊……」大白轉過臉開口時，肩上飼料滑動了一下，所幸他趕緊又用手扶上，差一點就要出糗。

「那走慢一點呀，你現在趕回去也來不及看八點檔了。」我難掩笑意，只能放緩腳步。

「我哪有要看啦。」大白皺著眉頭，但嘴角上揚。

「不過這樣子，真好……」望著前方筆直延綿到月下的夜街，他繼續說著。

這樣子……？我側頭看去大白，不能確定他指的這樣是什麼；不過，我也覺得這樣子，真的很好，雖然同樣不確定自己說的這樣，是指什麼。

晚風不急不徐，寧靜佈置著月色下的夜景。往常升學和家裡的壓力煩惱，此時都很遙遠似，彷彿是我也失去了記憶。

「我覺得，我之前可能有喜歡的女生……就是像妳這樣的。」大白若無其事地，突然脫口。

咦？聽見他這句話時，我不禁張大眼。大白這樣說的意思，是要……告白嗎？還是只是單純地想說，他原本的班級裡，可能有另一位個性或是長相，和我很像的女生？

我試著理解那話中的意義，表現得淡定，但見到大白背影時，才查覺自己落後了他好幾步。

「啊……不好意思，其實我也不知道剛在說什麼，當我沒講好了。」他轉頭見到慢下的我，咬著下唇略顯尷尬。

「噗，什麼不好意思，我又沒有……」我一副不以為意地搖了搖手，不過話才說到一半，就發覺他澀然的神情，像是察覺什麼地忽然驟變。

瞬間，身後一道絮亂的光芒，在我能回頭看清之前，就已經刺眼地將我們籠罩住。

是車燈……後面的是一台車嗎！？我從那轟然先至的引擎聲，和大白緊縮的瞳孔，意識到了危險。但那部車，為什麼在這小街中開得那麼快，又貼得我們那麼近？我怔著眼思索，對於即將發生的危機，卻愣得不知失措。

「……小心！」大白放聲喊道，伸出手抓住我。

在那道光芒撲上前的最後一刻，我被扯進了他的懷裡。我們兩人硬生生跌撞在一旁的圍牆上，千鈞一髮中，閃過了呼嚣而過的車身。但和在沙灘上的那次擁抱不一樣，此刻沒有一絲耐人尋味的聯想，大白只是不顧自己安危地，用身體保護住我。

原本在大白肩上的那袋飼料，則沒有那麼幸運。牛皮紙包摔落後，毫不留情地被車輪輾過，如加熱過頭的微波爆米花，在街道上灑落了滿地狗食。

「那人喝醉了嗎，怎樣這樣亂開……」我縮靠在牆上，連氣都不敢喘，即使那部轎車早已隨著搖曳的尾燈，消失在市街盡頭。如果不是大白伸手把我拉過，那自己現在的下場，可能就像那包飼料一樣了……越想，我越感到害怕。

「大白？」我抬頭，望去雙掌仍撐在圍牆上，用身體保護住我的大白。沒有回應，一如那天地震後的恍神，他再次露出惶茫表情。

「你、你有沒有受傷呀？」想到剛才離那台車只有毫米之差，我著急地想檢查他的後背。但輕撐開大白手臂時，感覺不到他任何的力氣。

「大白……沒事，沒事了。」確認他身後無恙後，我輕拍安撫。

大白緩緩地轉過身，原以為他是聽見了我的話，不過看到那迷失的目光，讓我意識到他轉回面對的並不是我。大白深邃的雙瞳，整理了好一會兒後，才聚焦在什麼都沒有的空白中。他認真的注目，彷彿是見到了什麼我沒能見到的畫面。

大白不發一語地定格著，從我的角度看來，就好像是和這個世界脫離了聯繫。

「大白？」我憂慮地問道。剛才的意外的確很驚險，但他所受到的刺激，明顯地超過我能理解的程度。

「幼、幼希……」大白含在嘴裡的模糊字句，很明顯地是我的名字，卻像是對另一個人喊著。

「怎麼了？我在這啊。」我托住他的兩臂，讓大白能看見……或是說注意到我的存在。這是他失憶之後，第一次這樣稱呼我。

「咦……為什麼，究竟……到底是？」大白終於望向我，卻表現出一連串壓抑的困惑，語意不詳地扭曲起了鼻子。

「我們剛才差一點被車撞，好險你拉了我閃過……」我試圖幫他冷靜下來，解釋發生才不到一分鐘前的經過。

大白斜了頭，像是想看清楚咫尺距離的我，或更像是想確認我剛所說一切的真實性。

「但現在都沒事了啊。」我撐起笑容，想讓他安心。

「……沒事了？」

「是啊，都沒事了。」我點點頭。

大白隨著我釋懷似地點了頭，試圖振作起；只是才剛挺起胸膛，卻又鬆脫地垂了下，欣然喜悅的神情一閃而過。

「不……才不是，不是這樣的吧。」他在一冷靜一激動的波動間，肩膀忍不住地抖動起來。

「還是，我們先回去，好不好？」我不知如何是好。

但大白不再回應，只是默默地抬起手，然後……摸向了我的臉頰。

「？」我被這突來的舉動嚇到，不過在縮開之前，就見到他眼角滑下的兩行淚水。

究竟，是怎麼一回事？我望著大白的臉孔，清楚見到，卻辨識不出是悲傷還是喜悅的情緒。我努力地，不讓自己表情和大白的一樣複雜。

「這到底……我是在作夢嗎？」皺起五官，他突然放下手，不解地退後了一步。

同樣不解的我，試著拉住他衣袖，想告訴他只要回去睡個覺，明天起來一切就會沒事了，好像我每次做了惡夢時那樣。

但沒來得及開口，大白……就突然地朝街道盡頭奔跑去，像是想逃離這世界似。

越跑越小，像是一抹白色顏料，被一幅背景全黑的圖畫，什麼都沒留下地吸盡了。

「大白……」望著他消失的背影，我茫然地唸出口。

空寂的街道，見不到任何能求助的行人和車輛，腳邊只剩散落滿地的狗糧，和一攤殘缺的破飼料紙袋。

我默默地蹲下，把飼料一顆顆撿起塞回袋子，好像是完成了這張拼圖，就可以明白弄清楚今晚的一切。

但在拼起前，我就認知到……大白恢復記憶了。

20.

第一堂下課的時候，小妙拿著中午訂餐的單子過來。

「他今天沒來耶，蹺課了？」她望著我後頭原本就應該是沒人坐的空位，打趣地說道。

「我想以後都不會來了，前天……他的記憶好像恢復了。」我瞥了後頭一眼。

「那不是好事嗎，怎麼妳有點悶悶不樂的？」

「我知道啊，只是他走了什麼都沒說，覺得有些納悶而已……」聽小妙這樣問到，我趕緊收斂起那不小心表露出的失落。

「是喔？那他還蠻不負責任的。」

「不負責任？」我一愣，不覺得有被虧欠什麼。

「上禮拜他的午餐錢不都是妳代墊的嗎？」她有點責怪對方的語氣。

「噗，那沒關係啦。」我不在意地笑笑。

是啊，就只是小錢，除此之外沒什麼好在意的……我這樣安慰著自己。即使早已明白，在他離開的隔天早上，我卻還是忍不住開了哥的房門，想看看他會不會蓋在被子裡頭睡覺……。

而想當然地，房間內空無一人。

但，這是一定的吧……家裡的門是鎖著的，大白又沒有鑰匙。依照他的個性，就算是想回來睡覺，一定也不好意思按門鈴或敲門的。我那天晚上，果然是不應該鎖上的吧？如果他沒地方去，會不會又跑回去麥當勞外面呢？那樣睡覺一定會感冒的……。

「幼希？」小妙的聲音在我耳邊響起。

「咦？」我回過神，中斷了毫無邏輯的臆想。

「我說，妳中午便當要訂什麼啦？」她努著嘴，彷彿已經問了很多次。

「喔……就一樣呀，兩個排骨便當。」

「兩個？」小妙在劃下單子前，停住筆疑惑問道。

我啞然地，重新用手指比了個一。

什麼時候兩個排骨便當，變得那麼順口了？

21.

學校的鐘聲，不知道是不是進入春天後變散漫了，每堂課的節奏都顯得凌亂。常常以為快要下課時，抬頭才發現時間只過了一半。不過這件事，似乎只有我注意到。

並沒有多做什麼事，讓自己比往常要累；待到補習結束時，想回家的情緒已經滿抑到極點。只是等到該回家時，又覺得不想那麼快回去。晚餐未吃的我，雖仍沒有食慾，離開補習班門口後，卻不由自主地往了麥當勞去。

速食店門口的麥當勞叔叔獨自坐在椅上，旁邊空蕩蕩的座位，一如它應該地閒置。那長凳又滑又硬，好像一開始就設計不讓人舒服地休息似。店內座位的區別雖然也不大，但至少一旁沒有人瞇眼咧嘴地笑。

我點了一份薯條和紅茶，在店內小坐一會。一位戴著厚重眼鏡的店員，在客人剛用完餐的桌檯拿著抹布做清潔。桌面上像是被人故意惡作劇，擠了好幾包份量的番茄醬。他輕抹擦了幾回，但那一圈一圈的同心圓醬跡只是被越塗越大。雖給不了什麼建議，如果是我的話，大概會去拿包芥末醬，和那些頑固的番茄醬混在一起。即使仍擦不掉，在那淡橘色的桌面上至少不會再那麼明顯。

店員很懊惱的樣子，對我苦笑了一眼。之前他其實看過我用毛巾包著頭髮走在外面，不過今天似乎沒有認出來……但這也難怪，他拿下眼鏡擦拭額頭時，我也覺得很陌生。

不想給店員帶來更多心裡壓力，我沒有照習慣配著番茄醬吃薯條。或許是這樣的緣故，入口的食物一點滋味都沒有，啥綿了兩、三根後我就把薯條擱置。我望了望窗外，街色沒有任何改變，若說要欣賞風景，好像不是一個很好繼續待在這裡的理由。

想起了泡芙還在家裡等我，我錯身經過隔壁桌仍擦著桌面的店員，把餐盤堆上門口旁的垃圾桶。原本有把薯條帶回去的念頭，但狗吃得太鹹會很容易掉毛，像拉布拉多這種體型只要洗一次澡，就可以把浴室的排水孔塞住。

外頭的長椅依然空著，確認冷空氣在流動後，我吸口氣坐了下來。學校制服裙子的摺痕約有五十條，不敢說一定正確，因為我偷懶地只數了正面的折紋，然後把數字乘以兩倍。最有趣的是，高中都已經快畢業了，這幾年內我都沒有注意到每天穿著的百褶裙，根本就不是它名稱上的數目，直到今天為止。

手指有些凍了，儘管我沒停下撥弄。身旁的他依舊沒有想移動的意思，只是笑著。忍不住，我伸手戳了那酒窩……然後，打了個噴嚏，什麼事情都沒有發生。

相遇這一刻，
世界轉動！

22.

「汪！」吃完整碗飼料的泡芙湊近，奮力搖動著尾巴，連屁股都晃了起來。

「抱歉喔，今天沒辦法帶你去散步，回來的太晚了……」我蹲在泡芙身旁，撫著牠的大頭。前幾天都有帶牠去附近公園走走，因為泡芙一吃完東西就會上大號，像是入口後的東西直通到了腸子。

聽懂我的話似，泡芙有點失望，咚地聲坐了下來。不忍牠一臉低落，我撿起地上的塑膠鴨子，滾去陽台牆邊。神奇地，泡芙馬上爬起，把剛才的鬱悶拋在身後，朝那隻鴨子追去。沒一會鴨子就被啥得滿是口水，在牠嘴裡不時發出噗嘰噗嘰的音響。

邊嚼邊玩地來回幾次後，玩具鴨子被泡芙逼到了陽台角落。牠抬頭見到置物架上的大水桶時，注意力很快地轉移走，蹲下直望著。桶子裡裝滿了那天買的狗飼料，雖然只撿起了七成，不過應該還是夠牠吃上一陣子。

「那……只能再吃半碗喔。」見泡芙意猶未盡的樣子，我妥協地又替牠盛了些，或許是因為補償的心態。

正當我把桶蓋仔細貼緊避免受潮時，聽見了客廳內響起的電話聲。

通常這麼晚的時間，很少接到電話……會不會是在歐洲的爸媽打的？他們旅行就要回來了，或許是要問我想要什麼紀念品吧，不知道離開荷蘭了沒？他們還在台灣時，我就表示過想要一雙傳統的手工木鞋，只是爸當時不太以為然，覺得又不能穿上學，沒有實用價值……。

「喂？」接起話筒後，我一度以為對方掛斷了，因為好陣子都沒有回聲。

「喂，不好意思，那麼晚打擾……」另一頭，是位陌生老先生的猶豫嗓音。

「不會，請問找誰呢？」我客氣問道，但有些懷疑是打錯電話了。

「是這樣的……我在街上看到了告示，感覺很像我的孫子，是小姐妳張貼的嗎？」

「啊，是的！」我連忙點頭。

是大白的祖父嗎？我訝異到。但前晚他記憶恢復後，應該就會回家了吧？怎麼家人還會打來詢問……還是說，大白沒回家，失憶根本還沒好？想到這裡，我整個心弦繃緊了起來。

「真是難以啟齒，該怎麼說呢，一看到那隻狗的照片……」

「呃，請等等，您剛才說……狗的照片嗎？」我忽然腦筋轉不過來。

「是啊，看敘述說是拉拉……多多……？」聽得出老人正努力拼湊著那音節。

「對，拉布拉多……可是您前面好像說，是您孫子？」

「對啊，總之一看到那隻狗的笑容，就想起了我孫子，這樣講妳聽懂嗎？」

「嗯嗯。」即使這樣回答，但我不確定自己聽見了什麼。

「牠主人找到了嗎？如果沒有的話，不知道可不可以讓我領養？」老人說得很坦然，但感覺得出那背後懇求的勇氣。

「還沒有，目前是還沒接到牠主人的電話……」我猶豫著，老人的意思再明白不過，但畢竟並不是泡芙的原飼主。從簡短的交談中，雖然並不覺得他是壞人，卻也不能斷定對方是真正想養狗的愛心人士。

「啊，我一定會好好照顧牠的，我可以和妳發誓……」老人大概感覺到了我的顧慮，想辦法說服著。

「不然，明天我可以先把牠帶出來，見個面後我們再討論，這樣可以嗎？」我提議，覺得先了解對方是怎樣的人後較好。

老人很快地允諾，於是和他約好了明天下課在附近的小公園碰面後，便掛上了電話。

感覺……好像是真心地想領養泡芙呢，不然也不會在這個時間特地打來。

我望著已掛上的話筒，雖然根本還未見到人。當初即使認真做了海報，心底卻明白泡芙是棄犬的機率很大，會接到主人電話的可能性微乎其微。所以現在有人願意收養牠，應該算是很幸運吧？雖然還是沒聽懂泡芙和他孫子有什麼關聯……。

「有人要領養你了呢，泡芙……」我幽幽嘆了口氣，躺倒在一旁沙發上。才養了幾天，意外地已經有了不捨的感情。我雖然希望牠能一直待下去，卻明白爸媽回來後是不可能答應的。應該要為牠有個歸宿而高興，我卻一絲興奮的情緒都沒有……像是指縫間想緊握住的海沙，越用力卻流逝得越快。

明白我想法似，泡芙貼心地跳上沙發，舔起了我的臉頰安慰。酥癢的大舌頭，讓我忍不住笑出來，難為情地閉上一隻眼。

「……謝謝你，泡芙。」仰望蓋住整個畫面的牠，我紅著眼眶道。

嗯，不過……為什麼你會在客廳室內呢？我意識到不對，從沙發上爬起，見到剛才為了接電話而忘記關上的陽台鐵門。

沙發腳邊，則有一陀比平常還要大團的……冰淇淋形狀蛋糕。泡芙清澈渾圓的雙眼望著我，像是特意留下了離別禮物。

相遇這一刻，
世界轉動！

23.

白晝的時間越來越長，到了隔日放學約定見面的時間，太陽才正準備下山。我一手牽著泡芙，一手提著裝滿飼料的桶子來到公園。牠喜歡玩的塑膠鴨子我也帶著，因為有預感，泡芙今天會找到一個更適合的家。

社區式的小公園並不大，被石磚人行步道圍繞住的草坪中央，只有一座大象造型的迷你溜滑梯，一眼就可以概觀全景。見我和泡芙走進，一位帶著卡其色鴨舌帽的老先生，很快地從木椅上起身。

「啊，我是昨天打電話的……」他嚴謹地舉了手，雖然感覺已是七十多歲的年紀，但腰背挺得很直。

「您好。」我領著泡芙上前打招呼。其實一見到我就知道是對方，因為在這個約好的時間，公園內並沒有其他人。

「跟照片中的一模一樣，真的很像啊。」老先生目不轉睛的望著泡芙，含蓄笑起。

「是呀……」我不知道該怎麼回應，只能跟著笑起。因為不是泡麵上的圖示，所以泡芙海報上的照片，本來就應該要長得和牠一樣不是嗎？

「麻煩妳出來，真是不好意思……不過沒想到妳還那麼年輕啊？」他這時才注意到我身上的高中制服。

「我今年畢業就要上大學了。」我微笑，但特意強調了一下。

「喔喔……我孫子可能也快要和妳一樣大了呢。」老先生恍然地點了點頭，隨後從長褲後袋拿出皮夾，抽了一張照片。

「妳看，我孫子，是不是和牠很像啊？」他遞著那張照片，護貝用的泛黃塑膠片因為磨損而有些開邊了。照片內是張嬰兒燦爛的笑臉，一旁抱著他的人應該就是老先生，只是年輕了許多。

「真的很可愛呢。」我發自內心稱讚道。

我認真對照了好一會，但畢竟一邊是人一邊是狗，遲遲沒能發現那小朋友和泡芙相似的地方。若硬要說的話，大概就是他們同樣讓人感到心暖，天真無邪的笑容。

「不過十幾年沒見到了……他父母在新加坡工作，很少帶他回來。」老先生緩緩收妥照片，臉上不意流出稍縱即逝的遺憾。

「所以您太太也喜歡狗嗎？牠需要的活動空間蠻大的喔。」我趕緊換了話題。

「我住的地方後頭有個小院子，老伴幾年前去世後，家裡一直很空蕩，呵呵。」

「嗯……」雖然不見他有什麼不快，但我還是難免尷尬。剛好泡芙正低頭嗅著對方的皮鞋，我順勢蹲下解開繩子，讓牠自由活動。

老先生雙手交叉在背後，一臉趣意地看著泡芙。

「雖然是有點好動，但牠很乖的。」我伸手摸了泡芙，鼓勵只是觀看的老先生也試看看。

「我退休前，軍營裡也有很多狗……不過還真的沒有去這樣摸過。」他隨著我摸上泡芙的頭，興致漸旺。

泡芙被他摸得舒服，索性挨了過去，沒多久就翻開了肚皮示好。老先生見狀，笑得合不攏嘴。

「對了，牠之前去看獸醫時有除過蚤了，醫生說牠健康還不錯，現在大概是七歲。」見他們相處的不錯，我更確認了先前的預感。

「七歲啊，狗的壽命是多長呢？」

「一般十幾歲不成問題吧。」我想了想。

「這樣啊……可能會活得比我久呢，呵呵。」他眯細了雙眼，但洋溢著關愛。

「您別這樣說！每天開開心心和牠一起散步，會長命百歲的。」

「唔，妳的意思，是已經答應把牠讓給我了嗎？」老人聽見有些意外。

「其實我家裡是不能養狗的，所以本來就要幫牠找個新家……但是有一點要先說好，如果以後牠原本主人有聯絡上的話，就必須和對方商量了。」

「這是當然的。」他連忙允諾，擔心我改變主意似地。

不怕生的泡芙，很快的就與對方熟稔起來。見他們互動，我彷彿真的見到了一種祖孫間獨有的愉悅。

「泡芙，之後要乖乖的喔。」教了老先生平常飼養要注意的事項後，我捨不得地摟了摟牠。接著把裝著狗食的桶子和玩具鴨子，一併交給對方。

「牠叫做泡芙啊？」老先生和藹地望著牠。

「是我自己取的啦，之後您當然可以取更順口的，比如說來福之類……」

「不，原本習慣的就好，要我自己想大概也想不到更好的，呵呵。」

「謝謝……如果之後有任何事想問，請隨時打電話來。」我替泡芙掛上繩子，欣然地把另一頭遞給牠的新飼主。

這樣一來，泡芙就完全的屬於對方，要和我分離了……望著慢慢離去的老人和泡芙，我突然心頭一酸，強忍住情緒和牠道別。泡芙很懂事，配合老先生的步伐，讓對方不吃力地牽引著，但仍不時回頭看向我。

我放下搖著的手，要牠好好跟上。避開那不捨的眼神，我跟著轉身離開公園。

畢竟……牠和什麼都沒講就消失的某人，完全不同。

相遇這一刻，
世界轉動！

24.

要掛心的事情，一下子少了很多。

我在客廳電視前獨自用完晚餐，時間像是突然用不完似地。不需要去思索如何找尋大白的過去，也不需要和他帶著泡芙去外頭遛狗……整晚寶貴的光陰，都可以拿來利用做自己的事。真好呢，這種久違的感覺，終於可以再次靜下心好好讀書。不過在這之前，得先好好整理一番家裡；有一種擾人的氣味，瀰漫在屋內。

爸雖然不是處女座，潔癖卻比媽和我更加嚴重，尤其是對小動物們。不要說是陽台鐵門上泡芙的掌印，光連沙發底下的一根狗毛，就會讓他起雞皮疙瘩了；能這樣的敏感，應該已經超過了潔癖的程度，說是特異功能還比較貼切些。

把家中所有東西整理歸位、吸塵和來回拖了兩次地後，我順便清洗了陽台，想在爸媽回來前把一切都恢復原狀。但即使家中已經比印象中的還要乾淨很多，我總還是覺得有什麼不對勁，索性拿了空氣清香劑，把室內從頭到尾都噴過一遍。只是，家中越乾淨，我才越意識到，自己不習慣並非是環境中的味道，而是不習慣這件事本身。

我快步走回房間，想在課本前重新想起那只需專心讀書的單純。但懊惱地，冷靜後的我只是更加心情低落。一個人的家裡，本來就應是無聲無息，我卻忍不住想聽見……泡芙在陽台外追逐玩具鴨子的噗嘰聲，或是某人突然敲了我房門，想知道我們下次什麼時候會再去海邊。

不過一想起那傢伙，就生氣……好歹這陣子我也真心幫他，回去後連個電話也不聯絡，究竟是什麼意思？我望向桌面，鬱悶地想要一頭咚下去，希望能和他一樣失憶，好忘記過去一個禮拜中，那些出現然後消失的存在。

不過這念頭剛起，就發現了一個原本沒意識到的困擾。掛在房門後的帆布袋裡，仍裝著那顆從海邊帶回來的螺旋海貝。那個引發一切波折的起點，突然像是乘載了低音頻般，擾亂著我的心緒。

我起身提起那帆布袋，一個強烈的念頭油然生起。

25.

「請問，這路線的末班車是什麼時候呢？」匆匆背著帆布袋趕到公車總站，我詢問正準備發車前往海水浴場的司機。

「這就是最後一班喔，回程如果錯過就沒其他的車了。」司機先生提醒道。

「不好意思，折返前可以等我五分鐘嗎？我需要去一下沙灘，很快就好。」

「唔……如果只要五分鐘的話……」他回頭看了一眼，車內並沒有其他乘客。是答非答的語氣，似乎是允應了。

邊道謝，我邊上了車。投入車費時，銅板沉悶地跌入錢箱，貼平在了底部。在教室將黑板邊的粉筆頭掃進畚箕時，也是同樣的聲音。

公車內有盞微弱到沒打開似的日光燈，我抱著袋子坐在第三排的位置，沒有離司機太遠。一路上入夜的街景，並沒有比車廂裡熱鬧，但隆隆的引擎聲讓我有種遠離空寂的安慰感。

擱在腿上的帆布袋材質很薄，一個不留神，就摸到了貝殼渾圓突起的觸感。

「回去，你原來的地方吧……」我喃喃自語，即使仍記得第一次見到它時是如何的感動。屬於海潮的回憶，原本就應該留在沙灘上。將這勾起心中漣漪的貝殼放回去後，生活一定就可以恢復舊往……不知道是哪裡來的信念，但我就是這樣地認為著。

「小妹，五分鐘喔。」停妥在目的地的站牌旁，司機先生朝我喊道。本以為是漫長的車程，比我想得要快了許多。

大概是習慣了公車內的昏暗，夜空下，沒有路燈照明的海邊，顯得格外清晰。我小跑著步，想在公車再次駛動前，放下貝殼趕回去。

沙灘上有另一個尚未被海風吹散的足跡，延續到視野外的海岸線。像是引導燈似，我不自覺地順著它前進。或許是漲潮的緣故，一心一意只想著歸回貝殼的我，岸灘的盡頭比預計中的更接近。

見到一個沉默駐立的背影時，我才意識到那足跡的主人，仍在這個沙灘上。

那背影，熟悉地不需要回頭，就讓我認出了對方。他依舊穿著那天的運動服，彷彿從沒有離開過這片海灘。

聽見我踩在細沙裡，幾乎沒發出聲響的步伐，他同時間轉過了身。意外地，我見到本以為從此就消失的男孩，心中竟摸索不到任何起伏的情緒；不知道是平靜地忘了吃驚，還是認為他那天莫名離開，再這樣莫名出現，最自然不過的了。

我停下腳步。帆布鞋下的沙灘，平穩柔軟地不切實際。

「幼希……」大白打破沉寂開口，同樣地見不著一絲驚訝，就像是打開我房門後，就會見到我地那樣理所當然。

我當作自己沒聽見，只是緩緩把視線從對方臉上移開。偌大的海邊，突然變得擁擠，像是我們其中的一人不該出現在這裡。看著投射在沙灘上交錯的兩個身影，我任性地朝後退了一步。

「妳來這裡找我嗎？」他踏前，沒能明白我刻意保持的距離。

「……才不是，我只是想把東西放回來。」我將貝殼從帆布袋裡拿出證明，不想他再誤解。

「那個貝殼，妳不是很喜歡嗎？」

「不喜歡了。」斬釘截鐵地，我將那海螺放下。並不是原來撿到的位置，但已經顧慮不了那麼多。

「……我以為妳帶了三明治呢。」靜靜看著我腳邊的螺貝，他說了個完全不有趣的玩笑。

完全不能理解他的想法。這個時候，難道不是應該要解釋為什麼恢復記憶後，就斷了聯絡嗎……？還是我們之間的認識，原本就是這樣的無關緊要？想到這裡，突然覺得自己的不習慣很愚蠢。

「我要走了。」沉默過後，我吞下了真正想脫出口的一切。

「……要去哪裡？」他吃驚地抬頭。

「那麼晚了，當然要回家啊。」他匪夷所思的反應和問題，讓我忍不住回應。但反射性看了眼手錶後，我忽然傻住。

和公車司機約定的時間，已經過了好一陣子。

26.

急奔回站牌時，公車早不見了蹤影。我臉色青白地愣在原地，如同放眼看去的郊區，腦袋一片漆黑。

「怎麼了嗎？」大白跟在我後頭，慢了好幾步才追上。

「……剛才的，是今天晚上最後一班公車。」

「是喔。」他似懂非懂地點了頭。

「什麼是喔，都是你啦！現在要怎麼辦嘛。」我忍不住跺腳，控制不了理智地怪起他來。

「不要生氣啊，等到白天就會有車了。」

「我才不要在這裡過夜呢！」

「……我會陪妳的。」

「根本不是這個問題，我明天還要上課啊！」我對狀況外的他感到不可思議。剛才趕著出門，沒帶上手機的我，近乎絕望地雙手摀住臉。

「唔，明天還要上課嗎……不然，外面大馬路上有一家便利商店，我們可以去借電話叫計程車。」大白提議前，似乎嘆了口氣。

剛才坐公車來的路上，印象中路口好像真有家二十四小時營業的便利商店，不過少說有幾公里遠……走路過去，兩個小時內可能都還走不到。但比起要在這空無一人的海邊過夜，我不得不懊惱地接受。

於是不吭一聲，我自顧自的朝來的方向往前走。走了數步後，我偷偷瞄了眼身後，所幸他也跟了上來。我不是特別膽小，但是在這雜草叢生的郊區小道上，總有一種隨時有東西會從黑暗中竄出的緊張感。

「你記憶恢復了吧……怎麼會也跑來這裡？」鼓著腮幫子走了一段路後，我垮著臉問他。

「呃，算是吧，雖然弄清楚了這一切是怎麼回事……大概是因為以前，和妳約好的。」大白淺淺地，像是微笑的面容。雖然只是幾步之遠，可是不知為什麼，又給了我一種他在很更遙遠的地方，安靜凝望的感覺。

「我哪有和你約？」我奇怪地望了他。

「不知道怎麼解釋耶，雖然以為沒機會了……不過又能和妳這樣走著，感覺真好。」

「你到底在說什麼？」我慢下腳步，完全摸不著頭緒，懷疑他是不是被我敲到有後遺症。

他沒有答話，只是入神地望著天空。沒有城市光害的夜晚，那顆總是渾圓發橘的月亮顯得更加明亮。

「大白……等等，你已經知道自己名字了吧？」想繼續追問的我，突想到。

「嗯，我名字是林修一。」

「林修一……」

「但妳都直接叫我修。」他補充道。

「什麼意思？我現在才知道你名字啊。」

「不，我們高一的時候就已經認識了……」自稱林修一的男孩，低頭前看了我一眼。

「高一？所以你是我們學校的嗎？」

「嗯，同班啊，班上我就坐在妳後面。」

越聽對方解釋，我越感到混亂。他是把那週在我們班上課的印象，和原本的記憶弄混了嗎？在他來之前，教室內那張座位一直是空著的。

「啊，對不起，我突然這樣講，妳可能會不太懂。」他不好意思地搔了臉。

「什麼不太懂！是完全聽不懂。」

「……基本上就是，不知道為什麼，這個世界裡並沒有我。」

「你是……在和我說，你是外星人嗎？」

「哈，不是啦，正確地說……現在是在作夢，和原本的世界幾乎一樣，除了一些小細節，比如說沒有人認識我……連妳也是。」

「我們現在是在作夢？」

「不，只有我啊，這個世界是我的夢。」

看著他一臉正經地眨眼，我知道對方不是在夢遊，但腦袋絕對出問題了。等會叫到計程車，得帶他回醫院給醫生檢查一下才行……。

「這樣妳有聽懂嗎？」不知名字是不是也憑空想出來的林修一，不確定地問了我。

「嗯嗯。」我配合地點著頭，不想去刺激他。聽說要是持續反駁精神狀況不好的人，會讓對方情況更嚴重。

「呵，我還擔心說出來會很奇怪……」他釋然地笑笑。

這種事，不管有沒有說出來都是很奇怪的……他是因為遲遲恢復不了記憶才思想錯亂，還是失憶前就這樣子了呢？我盡量不把擔憂表現出來，只在心裡想著要怎樣才能讓他配合地和我去醫院。

「妳知道嗎，其中一個不一樣的地方，就是這晚上的月亮一直都是月圓，蠻有趣的。」他指手比去遠方，沒有察覺到我的苦笑。

月亮一直都是圓的，不是嗎？怎麼可能會變其他形狀……。

相遇這一刻，
世界轉動！

27.

「……所以那個老先生，也住妳家附近嗎？」聽了我告訴他泡芙送養的消息後，大白釋然的表情中有些不捨。

「是呀，希望他們之後去散步時，可以在公園碰到。」我自我安慰著，因為知道之後爸媽在家，補習回家後不太可能常出門。

我們兩人並肩聊天，沿著只有夜光照明的郊道前進，像是以前那樣。有些話題，原本以為大白會覺得無聊，比如說住樓上的鄰居因為希望小孩不要那麼好動，打算給他學小提琴的事，或是下個禮拜收垃圾的時間會變動……他全都聽得津津有味，彷彿是圍繞在我週邊的事物都異常有趣。

約莫兩個小時，或是更久，我們走出了沒有路燈的小道，見到座落公路邊的便利商店。原本以為會自己迫不及待地加快腳步，但我只是等著懷裡的沙漏，一點一滴地落完餘盡的時間。

便利商店旁，有家不起眼的海鮮小吃店。外頭幾位滿臉通紅的客人，邊抽煙邊推笑著，看得出剛才吃得很盡興，對經過的我們一點也不以為意。

「請問你們店裡有電話可以借用嗎？」我拿著兩瓶紅茶到櫃台結帳時，問了便利商店的年輕店員。大白站在賣盒玩的零食櫃前，專心瀏覽著商品。

對方一時沒有反應過來，只是半開著嘴。

「我們想要叫計程車，可以拜託一下嗎？」我繼續解釋道。

「喔，沒問題啊，我去休息室裡找一下無線電話……」他領會後，放下收銀機的掃描器，示意我稍待。

店內並沒有其他顧客，不過在這偏僻的地點，就算是白天，我猜會進來的人也多半是想順便想借廁所的。

「你有想買的東西嗎？」等待時，我望去身後的大白。

「喔，沒有啦，只是無聊看看，這裡賣超貴的。」他回應，把端看著的一盒小模型玩具放回架上。

「還是洋芋片呢？」

「不用啦。」大白不好意思地搔臉，退後的膠底運動鞋發出滑稽的聲音。他抬起鞋底查看，沒意識到是地板打過臘的緣故。

我忍不住笑出，看著他那應是心事重重的無辜臉孔，好像暫時脫離了過去式和未來式的記掛。

「叮咚。」店門響亮的鈴聲響起，伴隨進來的是位穿著正式襯衫，領帶卻半解的中年男人。他搖晃飄然的步伐，讓我想起剛在小吃店前見過。

「七星中淡一包……啊，人咧？」他擠過我，拍向櫃台桌面，慢了好幾拍才發現店員不在。

「他拿東西等一下就回來。」一旁的我細聲說到。

「啊？」那男人抬起下巴，像是完全不理解，或是才察覺我的存在。

我挪開了兩步，不想被牽扯，因為他明顯喝多了。

「喂，你……」但是另一頭的大白，朝著我們走了過來。男子皺起眉頭，似乎被喊住有些疑惑。

「他喝醉了啦。」我牽住他衣袖，小聲提醒。

「不是……他、他就是那個開車的，我報紙上見過……」呼吸漸喘，大白的表情不太對勁。我看去那男人的面孔，回想最近的新聞或電視節目，但完全沒有印象。

「就是你，你這張臉！我……」沒想到大白越來越激動，竟然踏前扯住對方的領子。

「幹嘛你！」身高相若的中年男子，雖然一臉訝異，卻沒有示弱的跡象，反抓住大白的手臂。

「大白，不要！」我焦急著，卻分不開兩人。

此時，便利商店內通明的日光燈，突然像是短路般地忽閃忽滅。周遭陳列食品的架櫃，也隨著大白與那男子的爭執，越搖越烈。又是……地震！？我訝異。

排列整齊的零食們，像是突然活了起來的旅鼠，在架上鼓躍跳動，且隨著聽不見的笛聲，一包接著一包地跌落下來。

盛裝著熱飲的加熱箱，也受不住搖晃地從桌面傾倒，摔成了四濺的碎片。

剛走出休息室的店員，尚來不及弄清楚剛發生了什麼糾紛，就被這突來的晃動給震懾住，抓著電話不知所措。

「大白，地震了啦！」我尖喊想阻止他，但使不上力。

「放開啦你！」察覺地震，被扯住的男人驚慌揮拳反抗著，似乎已經酒醒了。

「你這傢伙……殺人兇手！」即使臉上挨了好幾記，大白卻一點也沒退縮。

「神經病啊！」男子紫著臉咒罵，卻掙脫不了。

「你做什麼啦！」我拍打起大白手臂。但依舊聽不見，他只是死命地緊抓住對方，絲毫不在乎世界的崩壞般。

店內的陳列架，挨耐不住漸升級的強震，紛紛地如骨牌倒塌。天花板上的燈架，更絕望地冒出火花，眼見就要崩落。

「修！」情急中我哭喊到，那個他口裡所說，我常喊的名字。

明明是個陌生的名字，我很確定……但在出口時，卻莫名熟悉。就像是看見幅海灘油畫時，能感受到風裡的鹹味，或是突被鬧鐘驚醒時，手中還有夢裡初戀的餘溫。

大白愣住，鬆手回過頭。

同時間，地震……停止了。

好不容易透過氣的酒醉男子，見狀連忙奪門而出。一台停在小吃店前的寶藍色轎車，隨後駛離，犇然的引擎聲似曾相識。

彷彿是店內最後一件崩壞的東西，大白洩氣地跪了下來。雙眼裡，不再有惱憤的怒火，而是奪框而出的眼淚。

「到底怎麼了……？」我走近，想起第一次碰見泡芙那晚的那場地震，與眼前的情況如出一轍。為什麼，會這樣？

「就是那個人，開車把妳……」他哽咽地，再也說不出話。

我停住腳步，比剛才地震時更害怕。

28.

隔日，我沒有去上課。

並不是因為相信大白說了什麼，而是昨夜離開海邊，吹一整晚的涼風感冒了。手腳冰冷的我，今早連下床都很困難，所以向學校請了假。

「妳一個人在家沒問題嗎，下課後我帶吃的過去？」中午時，小妙打了電話來關心。

「沒事的，我等一下煮稀飯就好……」仍在被窩中的我，裹著棉被像個春捲。

「不要勉強喔。」

「對了，小妙……問妳一件事喔。」在留下鼻涕前，我趕緊在床頭抽了張面紙。

「嗯？」

「妳覺得，我們現在的世界真實嗎？」

「什麼意思？」聽得出她很疑惑。

「就是……妳會不會覺得自己在一個夢裡？」

「夢裡？」

「嗯，就是這個世界是某人的夢，妳和我其實都是不存在的。」雖知道只是個假設，我仍認真解釋著。電話另一端的小妙，不知道有沒有聽懂，遲遲沒有回應。

「幼希……妳好像很嚴重呢，現在有發燒嗎？」沉默過後，她語重心長地，顯得比剛才更擔憂。

「應該是沒有，只是覺得累而已……」我摸了摸自己的額頭。

「那妳先多休息好了，晚點我再打給你。」

道謝掛上電話後，我才發現小妙沒有回答我的問題。

不過那麼荒謬的事情，正常人本來就是連想都不會去想。對學生來說，要浪費時間去思考課本以外的東西，好像不如拿來多背幾個英文單字……。

我下床倒了杯溫水，不過仍覺得頭重腳輕，在客廳內呆坐了一會後，就決定還是回房間睡覺。鑽回溫暖的床上後，我不禁開始沉思……棉被這種東西，究竟是誰發明的呢？大家常列出的世界最偉大發明，有輪子、火藥、燈泡……這些，但為什麼從來沒有人提到棉被呢？在棉被出現之前，人們究竟是如何睡覺的？

迷迷糊糊中，我陷入熟睡，夢見了自己身處在沒有人發明棉被的古代村鎮。雖然豐衣足食，但人們只要在冬天睡著，就會有隔日凍僵醒不來的風險。

這個夢，持續了好久……直到我八十多歲時，外太空來了一群喵喵叫的毛茸生物，會在大家睡覺時趴在他們胸口發熱供取暖，才解決了這個人類有史以來最大的問題……。

相遇這一刻，
世界轉動！

29.

「咚，咚……」

有人敲門？聽見那沉重欲聾的聲響時，我把酸痛的眼皮勉強睜開，但卻見不到一旁鬧鐘的時間。房內的燈未開，而窗外更是一片漆黑。天啊……現在到底是有多早？我不要現在就吃泡麵啊……我在腦裡吶喊道，不過半睡半醒中，沒意識到聲音沒傳出房外。

「咚，咚。」那悶響持續著。

我就說……唔？稍微回到現實後，我記起家裡只有我一個人，而且這扣響聲，並不是從我房門傳出，而是更遠的地方。好像是……家裡的大門？我吃力地用手肘撐住起身，一瞬間，還覺得有什麼厚實的東西壓在胸口。但只是我的棉被，床上並沒有任何毛茸茸的生物。

走到客廳時，我才分辨出現在並不是清晨，而是晚上。陽台窗戶反映著附近招牌的霓虹燈，還有從遠而近的垃圾車音樂。

「咚，咚。」又一次，但我終於能確認是有人在外頭敲著家裡鐵門了。一定是小妙吧？通電話時，她好像說了要替我帶吃的東西來。我壓了壓頭髮，在打開內層木門時試著讓表情振作起來。

「嗨……」我打招呼的起音未落，就察覺了鐵門外站著的並不是小妙，而是大白。

昨晚在恍神中，我搭上了回家的計程車。當發現他沒跟著上車時，我並沒有向後張望，反而覺得，這樣靜靜地一個人很好……。

「妳有好一點了嗎，幼希？」鐵門外的大白，透著格條望進來，如電影中監獄探視的房間一般。但從他眼神，更像是被關著的那方。

「不要這樣叫我，我們……又沒那麼熟。」還在驚訝他的出現時，我忽然本能地閃避。

「剛在學校門口等妳放學，但是只見到小妙……她說妳生病了。想說小妙等一下還要補習，我就代替她買吃的過來了。」大白提起手，讓我見到拎著的一袋外食。

「我可以進去嗎？」他見我沒有反應，開口問了。

「……你不是說，這個世界是你的夢嗎？如果那麼厲害，就自己穿透門進來呀。」我盡量地面無表情。

「雖然我這樣說，不過自己的夢也不是都能隨心所欲的啊。」大白有些懊悔的表情，繼續講著：「比如……我常常想著見到妳，但……。」

「但什麼，你不是想來，就可以這樣地出現在我們家門口了嗎？」

「才不是，我身上沒錢……雖然在便利商店等到了白天的公車，但沒投錢司機不肯讓我上車，走了好久才到了學校。就連想幫妳買晚餐的錢，都是和小妙借的……。」

聽了大白那麼說，我突然無法對他發脾氣了。

「如果這世界是你創造出來的，那你真的很弱耶……」我邊扁嘴，邊打開了鐵門讓他進來。

「謝謝……啊，快趁熱吃吧，幫妳買了皮蛋瘦肉粥，還有豬血湯。」

「豬血湯，咦，你怎麼知道我愛吃這個？」我接過塑膠袋，難掩喜色。

大白看見我露出笑容，釋然地鬆了口氣狀，準備開口。

「算了，你不要講。」我警覺地阻止。

我把他帶來的食物拿到客廳，解開放在桌上。皮蛋瘦肉粥和豬血湯都冒著誘人的熱氣，讓原本沒打算吃晚餐的我好像有了食慾起來。

「我們分著吃好嗎？」我走進廚房。

「喔我不用，剛才吃得很飽了。」大白連忙搖手拒絕。

「哼，你很沒水準耶，自己吃飽了才拿東西來……」我抱怨了一聲，把多拿的碗和湯匙放回。

「我說的剛才不是晚餐，是下午的時候啦。因為昨天晚上我在便利商店沒事，就幫忙整理了店內倒塌的東西。有很多被壓壞的麵包，離開前店長送了我一大袋……然後就一路邊走邊吃了。」

我想像著他搖頭晃腦在路上吃麵包的模樣，忍住不笑起。

「還是妳想吃麵包？我還有兩個……嗯，有紅豆抹茶和北海道牛奶的。」大白從兩外套口袋各掏出一包，讀著上頭印的字樣。

「不要。」我望去那兩包聽起來很誘人，但乍看下會認為是牛肉餡餅的東西。

30.

感冒比我想得還要嚴重些，雖然知道自己要吃點食物才能恢復元氣，不過才嘗了幾口粥和湯就不想再去動湯匙了。

「不好吃嗎？」大白見我抽面紙擦嘴。

「……可能晚一點吧，吃不下了。」我把蓋子闔上，覺得有些反胃。在這種聞不見也吃不到滋味的情況下，硬塞食物可能只會更不舒服。

「對不起……昨天晚上害了妳感冒。」他頓了頓。

「又不是你的關係，是我自己跑去沙灘的……」搖頭時，腦袋中像是有東西滾動似的難受，我不禁皺起眉頭。

「呃，妳要不要先休息一下？」

「嗯。」我不想勉強，把身體從沙發上撐了起來。

大白在我後頭慢慢跟著，不好意思伸手攙扶卻又擔心我跌倒的樣子。雖然虛弱到冒汗，但靠自己走回房間，基本上還是沒有問題的。

「不好意思，可以幫我開一下窗戶嗎？」躺上床墊歇息後，我覺得房內熱得滯悶，卻使不上力起身，拜託了正準備替我關上房門的大白。

「已經開了耶。」他開燈後，在走近前就發現我桌邊的窗戶已經開到最大。

「那怎麼還是那麼熱。」我蓋住酸痛的眼皮。

「我看一下喔……唔，好像是是發燒了。」大白將手掌輕輕地放上我額頭，確認了體溫。

「有嗎？」我自己摸了一下，但分不出發燙的是頭還是手。

「有感冒藥嗎？我去幫妳拿。」

「我們家不吃成藥的……我爸常說西藥治不了病，只是讓身體以為自己沒有病。」我昏沉地解釋，瞇起的視野中，彷彿見到了延綿成片的白灘，不過稍後就意識到那是房間天花板的顏色。

那……如果，當初裝潢時漆的是嬰兒籃，沙灘是不是就變得更夢幻了呢？但這樣一來，就很難分得清海水跟岸邊的界線，寫生時藍色的水彩顏料也會用得特別兇……我不再去在意邏輯，在自己床上失了神。

直到額頭上突感到一片清涼，我才又睜開了眼。

「有舒服一點嗎？」大白蹲在床邊，輕聲問著。

「……」我想起他在身邊，摸到疊沾濕的小方巾。

「好好睡，等一下我再幫妳換毛巾。」他露出欣然的表情，準備起身。

「不用……反正都無所謂。」我紅著眼，努力從乾啞的喉嚨發出聲。

「？」大白不解地望向我。

「你都說這是你的夢，那我就是不存在的……」我從床上爬坐起。

「怎突然……？」大白有些不知所措。

「你做這些……根本一點意義都沒有，不是嗎？夢一結束，就什麼都沒有了呀！」不知道是不是忽然清醒，突湧上的不安讓我再也難以保持理性。如果眼前的一切和自己都是虛幻的，那我以前和現在所經歷過的人生，究竟代表了什麼？

「幼希……」

「而且你有顧慮到我的心情嗎？被這樣莫名其妙地夢出來，這十幾年來我還每天認真讀書、擔心考試……不就是個笨蛋嘛！」情緒傾倒出的我，通紅著臉。

「說呀！你這個無聊鬼，沒有問過就擅自夢了我和這個世界，為什麼要這樣！」見大白低著頭，一句話都反駁不了，我生氣地抓起枕頭想丟去。

而在我失控的最後一刻之前……他道歉地跪了下。

「對、對不起，幼希……我只是，太想妳了。」大白扭曲著眼鼻，卻又笨拙地想微笑。

只是……太想我？

默默地，我鬆開手裡的枕頭放下。明明已經是失控邊緣，為什麼我還是看見了他抖動的身軀後，那個躲起哭泣的大男孩？是因為感冒，讓我的自我變得遲鈍……或是想念這件事的本質，並不需要理性就可以理解？

……幼希。

我想起聆聽貝殼時，出現的喚聲。

原來，你只是太想我。

我飄開眼神，洩氣般地吐了氣。

但思念，為什麼會感覺到悲傷？是因為失去，還是害怕失去？有好一會兒，我感覺自己就像是處在峽谷的縫口，但周遭卻寧靜地讓我什麼都聽不見；不知是風響得太大，或其實什麼聲音都沒有。

「……」我望回，見到他除了酸紅的鼻子，沒有一處是對稱的面容。

「沒想到讓妳這樣困擾，真的很……對不起。」緊張我隨時會在別過視線般，他再次用那失衡的音調道歉。

「……我好累，不要再說了。」說不出心裡安慰他的話，我只是躺回被窩。緊繃的情緒一下扯斷，我疲憊地什麼都不想再想。

「嗯，那……好好休息……我現在就走。」他吞了口水，整理著表情站起。

房燈被關上時，感冒的寒氣像是見縫插針，突然重襲了我每一寸神經。

「……等一下。」在大白離開房間前，我喊住。

他回過頭，站在倒斜進房內的光影裡，像是懷疑自己聽錯了。

「我好怕……睡著的時候，你忽然醒了。」黑暗中，我放心地任眼淚滑下。

「不會，幼希……我會一直陪妳。」他說著，同樣見不到表情。

「但你現在，不就是要走了嗎？」

他的身影頓了頓，走回了我房內，把書桌前的椅子拉到了我床邊坐下。

「那我在這陪妳，安心睡吧。」大白像是憨笑著的口吻。

「不要，你這樣盯著我睡……很怪。」

「嗯……好像也是。」也意識到般，他用拳頭蓋住了鼻子。
「不然你說故事。」
「什麼故事……？」
「關於你自己的故事。」我認真地要求著。
「呃，怕妳會覺得很無聊。」
「才不會。」鼻音很重的我很快搖了頭。
「嗯，好吧，如果妳想要聽……」
我當然想聽。恢復記憶後的大白，對我的喜好和遭遇都再熟悉不過，但一直以來，對原本不存在於這個世界的他，我卻什麼都不知道；像是想察悉魔術師手法的觀眾，若祕密不揭曉，再多的想法都只是臆測。
然後，故事開始了……。

31. 男孩的第一個故事

嗡嗡的電扇聲，像是繞著頭上轉著。

臉頰貼在課本上，溼熱的感覺已經癢得不能再忍受。我爬起，抹去下巴的口水，想弄清楚現在是什麼時候。外頭走廊上，不時經過三三兩兩的聊天聲……應該已經是下課時間，但教室內的同學卻仍都留在座位上。

「大家還有誰要推薦的嗎？」講台上，說話的是班長謝國宗。

帶著催眠嗓音的數學老師已經不知所蹤；我常懷疑他的耳朵不好，否則一直聽見自己的聲音怎麼都沒有睡著？當然也有另一個合理的解釋，那就是這與開車的人不會暈車，是一樣的道理。

「好……那男女主角，就由我和張偉雄扮演。」一邊說邊轉身在黑板上寫下名字的，是座位在我前面的女孩。班長身後的她，是學藝股長；透徹的雙眼和白皙的指尖，呼應著她美術上的才華。

「嘿，沈妙馨，現在是在幹嘛？」我小聲喊到斜前方的女同學。

「在討論話劇比賽的內容啊。」她理所當然地回答，打量了我一眼後，推了推鏡框回過頭。

話劇比賽……？想了想後，我才記起好像真的有這麼一回事。前幾天學校週會，有宣佈過要舉辦英文話劇比賽，每一個班級都要參加。現在黑板上，除了剛寫下的兩個名字，前頭還有『羅密歐與茱麗葉』這幾個大字，看來他們已經決定好主題了……。

一來英文不是擅長的科目，二來我在班上也習慣低調，所以只是邊聽著他們討論，邊默默用袖子擦去留在數學課本上的口水。前面好幾頁已經溼了又乾地起皺，不過成績好不好，和課本上的字跡有多模糊無關，而是決定於自己的腦袋有多清楚。

「……所以最後一幕，男女主角會接吻？」開始討論劇情時，有同學提出。

班上同學聽後，興致勃勃地紛紛發表起意見。

「這尺度會不會太超過？」

「一定是要接吻的吧！不然女主角要怎麼醒？」

「親了也不會醒呀，你以為是白雪公主嗎？」

各種聲音此起彼落，像是表演已經開始般的熱鬧，有些鼓譟地拍手，有些單純地傻笑；唯一個共同點，就是大家都是一副局外人的態度。不過對於我……卻如落雷驚響，只剩下瞪大眼望著講台的能力。

「要忠於原著的話，吻戲當然是避免不了，不過我們可以用借位的方式……」

班長一邊比著手勢要同學們安靜，一邊表示自己的看法。他一旁的女孩，滿臉通紅地一手抱著胳臂，但仍盡責地拿著粉筆守在黑板前。

我望去隔著幾排的張偉雄，不知道是表演欲作祟，還是拿手的英文終於有表現機會，正自信滿滿地微笑。從我眼中看來，那表情像極了笑傲江湖中，剛拿到葵花寶典的岳不群。

不，絕對不行……即使只是演戲，我也不能允許這件事的發生！我壓著顫抖的雙腿，緊咬住牙根，決定了要豁出去。

「等一下！」沒有等班長點上名字，我便舉著手站起。

「呃，林修一，有什麼意見嗎？」班長有些吃驚。

「我……我，要當男主角！」

班上同學頓時一片安靜，不約而同的望向我。

「剛才不是已經決定好了嗎，怎麼突然又……？」班長不解。他身後的女孩，也同樣困惑地眨著眼。

因為我剛才睡著了啊！這個再簡單不過的合理解釋，我無法在這時冠冕堂皇的喊出來。一時間內，心跳得很快的我，只能無言地尷尬扭著鼻子。

「主角的英文台詞會很多喔，如果只是想參與的話，我們還有佈景組的成員沒決定……」見我沒解釋，班長提議道。

佈景組？不就是演樹或大石頭之類的嗎，竟然想這樣把我敷衍過去……而且戲份什麼的，根本不是問題所在啊。

一陣沉寂在教室內蔓延開來。有幾個不耐的同學，或許是想上廁所，漸漸透露出面對攪亂者的眼神。而講台上的女孩，不知道是不是感應到我的心意，好像想說些什麼，但欲張口的嘴唇遲遲沒有發出聲。

「那個，我認為……」吸了口沉澱後的動能，我大聲頓道。

「你認為？」班長急忙接到，大概是擔心我提不上氣。

「我認為，學校舉辦英文話劇比賽的用意，就是希望大家能提起學習英語的興趣……所以，對於我這種平常英文成績不怎麼樣的學生來說，如果能藉由這次機會激發學習動力，會是一個很好的自我挑戰！且之後的人生，也可以更勇敢地面對困境！」一口氣地，我說出乍似很厲害，但自己也聽不懂的陳述。

掌聲，在突兀地稀疏響起後，迅速感染了所有人參與，連尿急的同學，都改以欽佩的目光望向我。原先泰若自然的張偉雄，也明顯地錯愕起來，好比練完第一頁寶典後，發現之後頁面都是空白的岳不群。

「男主角換人的話，妳可以嗎？」班長認同地點著頭，問向身邊的女孩。

「嗯，我沒有意見的。」女孩甜甜地一笑，欣然允諾。

贏了……我暗自在心裡握住拳頭，感動地坐下已僵直的身體。對於女孩長久以來的心意，終於可以在眾人祝福的舞台上，誠摯地讓她知道了……。

定案之後，女孩在黑板上男主角的部分，擦去了自己的名字，填上了『林修一』，與一旁的『女主角：張偉雄』，整齊並列著。

相遇這一刻，
世界轉動！

32. 男孩的第二個故事

「那這題呢？」

「和上題一樣帶公式啊，只是要先因式分解。」沈妙馨邊收拾著書包，邊望著前座女孩桌上的考卷。

「喔，我有想過，只是……」

「怕我爸在校門口等太久，明天早上再繼續教妳好嗎？」

「啊，對不起，小妙，拖了妳那麼久！」女孩看了手錶，才意識到離放學鐘響已經過了好一陣子。

匆匆搖手說再見後，沈妙馨連外套都還沒穿好，就趕著離開了教室。留在座位的女孩，沒有起身的意思，仍是埋首在考卷上擦擦寫寫。

「……其實我覺得國小程度的數學，就很夠以後用了。」我忍不住出聲。

「咦，你也還沒走？」她驚訝地回過頭。教室裡頭，只剩下我們兩個人。

「呃，因為……我明天值日生啊。」我有些心虛地回答道。這和為什麼留下來陪她，好像一點關係都扯不上。

「？」果然，女孩沒有反應過來。

「啊，這次考試……真的是有點難。」我連忙改變話題，假裝低頭研究自己桌上的考卷，不過來不及蓋住分數，讓她見到了上頭九十八分的成績。

唯一錯的那題選擇題，正確答案是4，但我考試時心血來潮寫了個『是』。不知道改我考卷的是哪位同學，古板地在上頭打個大叉，硬扣了兩分……。

「哇，好厲害喔。」女孩欽佩地稱讚。

突然被讚美，原本想安慰她不要在意成績的我反倒有些尷尬失措。

「如果你沒有急著回家……我還有幾題弄不懂，可不可以教一下呀？」她小聲試問道。

「可、可以啊。」我想都沒想地便答應。

女孩連忙道謝，轉身拾起考卷，搬了椅子坐到我身旁。僅隔著一個肩膀距離的她，絲毫沒有察覺我瞬間燒紅的臉；比鄰的髮香，像是聖光般地完全把我心緒圍繞。

她只請教了兩題，不過卻燒光了我腦裡所有的蠟燭，因為除了要克服結巴……還得分心避開她的手肘。

第一次與女孩貼得那麼近，我有種自己是人生勝利組的錯覺。

「不好意思耶，花了你那麼多時間，天都要黑了。」

領會後的女孩，微笑著又感謝了一次，但我注意到她嘴角有股隱約的壓抑，並沒有因問題解決而褪去；似乎在知道數學成績前，就被某件事困擾著。

「我沒差啦，本來就都自己吃完晚餐後才回去……反而是妳回家晚了吧。」

我不在意地聳肩。父母都是重度工作狂的生活，已經過得很習慣。

「不會呀，我平常沒補習的話，放學後也會先去外面圖書館溫書。」女孩收拾起了書包。

「所以現在妳要去圖書館了？」我隨口一提。

「……」意料外地，一道閃過的陰霾瞬時讓她沉默。

「怎麼了？」我關心問到。

「沒什麼啦，只是想到布丁……」女孩撐起笑容，但開口已經是好幾拍後的事。

「布丁？」

「喔，就是上禮拜我在圖書館前撿到的流浪狗，一隻米格魯。」

「牠怎麼了嗎？」

「因為家裡不太喜歡養狗，早上我爸出門時……說要把牠送去收容所。」講到這裡時，女孩的眼神更黯淡了。

「唔，不過至少有吃有住，不用再流浪了吧？」我樂觀地安慰道。

「可是如果找不到飼主，兩週內就會安樂死了……」

安樂死……怎樣的死法才算安樂呢？

明白那隻狗即將的命運後，我也說不出話了。因為自己家裡的公寓明文規定不能養寵物，完全幫不上忙。

「妳爸不肯商量嗎？」明明該鼓勵她的我，卻半嘆著氣。

「我不怪他啦，只是難過自己沒有能力，去保護那些需要照顧的……」

女孩的情緒越來越低落，我驚覺不妙。第一次兩人獨處的機會，竟然陷入了靡萎的氣氛。這樣她下次想到我時，不就腦裡都是負面的聯想了嗎？如果她會想到我的話……。

「不過現在的妳就已經很厲害了啊，妳和沈妙馨寒假時不是有去淨灘嗎？」我臨時記起。

「是呀，不過學校參加的同學很少，雖然撿了好幾袋……但沙灘上的垃圾一點也沒感覺減少，廖老師那天穿著拖鞋還被扎到腳。」她苦笑。

「那下一次我也報名吧。」

「真的嗎？」

「是啊，我一定會把垃圾撿乾淨。」我信誓旦旦地允諾。

「噗，那你可能要撿好幾年……」女孩終於展顏。

「對了，等下我跟妳一起去圖書館吧。」怕她一個人觸景傷情，我打鐵趁熱地提議。

「……你不會是想去那裡睡覺吧？」

「怎麼可能，去就是要讀書的啊。」原本的計畫被識破，我臉紅把滿抽屜留在學校的課本翻了翻，煞有其事撿了一本塞進書包。

「如果要讀英文的話，待會你可以看我整理好的筆記……」女孩大概是見到我手上近乎全新的英文課本；或是想起上學期英文話劇比賽，我背了半天台詞卻仍在全校前結巴的窘樣。

「喔喔，好啊，如果妳還有其他的數學問題，也可以隨時問我。」慶幸還有一科可以大言不慚的我，試著擺脫難堪。

「感謝呦，那你要吃晚飯嗎，到圖書館放好書包以後？」女孩莞爾問道。

「嗯嗯。」意識到能一起用餐後，我連忙點頭如搗蒜。

「吃夜市好嗎？就在圖書館附近而已。」

「好！」畢竟這個時候就算說要吃土，我也會不加思索地答應。

一直以來，不知道為何存在在這個世界上的自己，好像突然有了意義。像是心跳聲找到了一個溫暖的寄託，又或者，是聽見了另一個相同頻率的共鳴……。

33. 男孩的第三個故事

「喂？」緊握著電話聽筒，我忐忑不安地開口。

「喂，請問找誰？」所幸，是女孩的熟悉聲音。

「是我啦，哈。」

「修？」她聽起來也有些驚喜。

擔心會被女孩的父母接起，醞釀了許久我才鼓起打去她家的勇氣。好一陣子沒能見面，我在電話另一頭不由自主地傻笑起。

雖然持續了好幾個月，我們都保持著放學後一起溫書的默契，但放了暑假後，相處的契機頓時不復存在。理應是我們升上三年級前，應付繁忙學業最後的喘息空檔，不過在生活少了女孩的這幾週，我反而覺得是一種煎熬。

「怎麼突然打給我呀？」女孩喜孜孜地問著。

「那個……就是想問，這禮拜六……妳有空嗎？」

「禮拜六……二十六號，剛好我生日耶？」

「是啊，哈哈。」我當然就是知道，才打了這通電話。

「唔，讓我想想喔，我怕那天會很多人找我出去耶。」她俏皮地吊著我胃口。

「呃……那如果有空的話，我可以跟妳約八點在麥當勞門口嗎？」

「八點喔，那之後有要去哪裡嗎？」

「都可以啊，看妳想去看電影，或是戶外走走之類的……哈。」沒有預期可以約到她整天，事先未想好計畫的我亂了陣腳。

「好吧，如果我那天有空的話。」她這樣說道，像是故意要讓我掛著懸念。

因為怕洩漏了準備好的禮物，我不敢講太久，不捨地結束了通話。

房裡有隻正興奮不停舔著我手背，像是也想說上幾句話的米格魯。當初被女孩父親送去收容中心的流浪狗，在幾天後被我認領出來，暫時拜託了住郊區的表哥寄養。我對女孩一直保密著，直到昨天才偷偷把狗帶回家，希望給她一個難忘的生日驚喜。

期待見到女孩的心情，就這樣，一直蹦躍到了禮拜六早上。

才過七點半沒多久，我已經迫不及待地等在約好的速食店門口。

星期六的早晨，一切都是那麼悠哉輕鬆，除了陣急囂而去的救護車笛聲。大部分和我同樣年紀的學生，應該都還在床上睡大頭覺。而已經工作的上班族，大概從昨夜就已經開始享受週末，在家消化著前一晚的放縱。

我腳邊牽著的米格魯犬，脖子上被我別了個帥氣的紅色領結，等著與久未相逢的主人見面。相信女孩在看到牠後，一定會很開心……。

不過畢竟她仍不能將狗牽回家，所以我特別去禮品店買了一隻巴掌大的純白海螺貝殼，當成可以送給女孩的生日禮物。會參加淨灘活動的她，應該就是喜歡海邊的景色吧？

另外，她今天會想去那呢？出門前我大概看了一下附近戲院的上映表，有部很多人都說好看的愛情喜劇，不知道她看過沒？但是見到米格魯，她可能會想帶著牠去戶外玩吧？那到中午時，為了慶祝她生日……和我們第一次約會，哈哈……請吃飯是一定要的。女生好像都喜歡浪漫的餐廳，不過怎樣的餐廳才算浪漫啊？往常都是和她吃夜市的我，一點主意也沒有。

待身後速食店的電動門漸漸忙碌起，我回過神，才意識到已經八點多了。

仍沒見到女孩，我不免稍微緊張了一下，但很快的又安慰自己。聽有交往經驗的朋友說，女生在赴約時遲到，是天經地義的事……。

頭頂上的藍天白雲，愜意地緩緩變化著。

我在店前的長椅坐下，望了眼身旁不知為何開懷的麥當勞叔叔，好像在告訴著我要多見點世面，別這樣就大驚小怪的。

腳邊的米格魯顯得放鬆得多，不時毫無顧忌地打著哈欠；見有人外帶早餐的紙袋經過時，卻又眼神一亮地滴起口水。我忍不住用腳頂了牠屁股，要牠正經點，不要讓女孩來時看見那癡呆模樣。

直到過十點半，我才再也按捺不住地起身，硬著頭皮打了電話到女孩家。

不過響了很久，一直沒有人接聽，或許是已經出門了？

唔，如果已經出門的話，會不會……是和其他朋友約了？畢竟那天她並沒有給我確切的答覆說一定會來……我驚覺，決定打給和她要好的同學沈妙馨打聽。

「咦，你找她幹嘛？」沈妙馨聽了後覺得奇怪。

「……呃，就是之前借的筆記，想要還給她。」我胡亂編了個理由。

「今天是她生日呀，我昨天本來想約她吃飯，但她很神祕地推掉了，還說要去準備三明治……我猜喔，這樣費功夫一定是偷偷約了喜歡的男生去野餐，你今天就不要去打擾她了啦。」

這樣費工夫一定是……所以她……是喜歡我的嗎？

我燒紅著臉掛上電話，忽然覺得全身又有了動力，要等再久都願意。

女孩，原來也是喜歡我的啊……我在嘴邊重複著。

若不是要拉住朝著香味乞食的米格魯，我大概也癡呆地和牠一樣留下口水了。

那麼，今天我們首次的約會，不就是個很好的告白機會嗎？趁著用餐愉快時，邊把禮物給她，邊說我其實喜歡妳很久了……這樣吧，可是會不會太突然和做作呢？但男孩子本來就應該主動點吧……沒想過彼此關係可以瞬間加溫的我，在說與不說之中歡愉自擾著。

過了中午時，身後速食店裡的早餐菜單，不知何時已換成一般時間供應的餐點，這也意謂……原本打算請女孩的午餐，可能要延後成晚餐了。但這不算壞事，晚上的餐廳打起燈光後，一定會比大白天時更有浪漫氣氛……。

在我阻擾下，窩在長椅邊的米格魯終於放棄了討食，開始打起盹。

引首張望一陣後，我不安看著錶上顯示三點四十分，突然恍然大悟地釋懷。雖然和女孩約了八點，但電話中我並沒有說清楚，她會不會是以為晚上八點呢？如果這樣，那就說得通了……女孩一定認為我平常上課都會睡著，不可能約得那麼早吧？我對自己的冒失和先前的焦急，感到慚愧。

是啊，一定是這樣的。

我半肯定地告訴自己，但又擔心女孩會在之前就出現，找不著暫時離開的我……於是，我繼續在路邊長椅上等待，像是被身旁塑膠人形同化了般。經過的路人，誰也沒有多看一眼，彷彿彼此的世界平行著。

眼中的天空，不知不覺，暗得只剩一輪圓月。想送給女孩的螺旋海貝，仍在我的手掌裡。

理應是象徵重逢的滿月，卻孤寂地隻身掛在夜空。默默起身時，已經是晚上九點半。沒關係，宵夜比晚餐更浪漫啊……再怎樣自欺欺人，我也無法再這樣說服自己了。我看向身後的麥當勞，那個嘲諷的笑容，像是一開始就告訴了我……女孩才不會出現。

原來，女孩花心思準備的餐點……並不是為了我，而是給其他男生的啊。

像是隻不會響起的電話筒，月下皎潔的貝殼不再具有意義，被我靜靜留在了速食店前的長椅上。

在低頭牽著米格魯回家的路上，想到自己愚蠢的自作多情，我不停用衣袖抹去湧上的情緒，但帶著酸味的淚才吞下，卻又不爭氣地從眼眶溢出。

不過真正崩潰時，是看見了隔天報紙上的一張新聞照片。被輾開的竹籃中裡有東西……但我分辨不出那是不是三明治。

相遇這一刻，
世界轉動！

34.

眼睛早已闔上的我，聽見了他揉著鼻頭的聲音。

「睡著了嗎，幼希……？」大白溫柔地小聲問著。

我沒有能回應，或許是因為真的睡著了。

「那故事，我就說到這了喔……好好睡，明天起來就沒事了。」

他挪動椅子時，腳敲到了滾輪。應該是很痛，但沒有喊出聲。

他輕拾起我額頭上疊起的小方巾，去外頭沖涼後，又重新替我敷上。

所有的事情，在寧靜中好像都遙遠了起來。

「對不起，從開始就不該打擾妳的，不過……這次我一定會陪妳到最後。」

闔上我房門離開時，他好像這麼說了。

相遇這一刻，
世界轉動！

35.

再次睜眼時，窗外陽光和煦地伴在我手邊，不如往常早晨刺眼。

我舒服地伸了腰，翻開仍捨不得起床的棉被。一旁的枕頭，像是曾經濕過。

床頭鬧鐘一答一答地韻律跳著，沒有準備噪動的跡象。

原來，已經下午一點。感冒應該已經痊癒了，但我怎麼睡到那麼晚呢？又要缺一天的課了……猶豫地拿起電話想向學校請假時，我才意識今天是禮拜六。

經過走廊上的宅男迷宮時，我聽見了房內有走動的聲音。

「大白？」我敲著房門。昨晚不知道他是幾點睡的，但一定比我早起了。

還記得他昨晚陪在我床邊，不過記不得聽到第幾個故事時，我就已經睡沉……。

「幹嘛？」門應聲而開後，他皺著眉頭。只是說話的人並不是預期的大白，而是哥。

「怎麼是你！？」我反應不過來。

「啊不是誰？」哥也副莫名其妙的樣子。

「你……有看到其他人嗎？」我不自覺地咬起嘴唇。

「等一下才要去接爸媽啊，我也剛到家沒多久而已。」他邊說著，邊蹲回地上把背包裡的一袋臭襪子拎出來。

「咦，對齁。」我退離了兩步，幾乎忘了爸媽今天回來這件事。

大白，昨晚沒在這裡過夜嗎……？

疑惑的我，趕緊查看了客廳和陽台，但整個家裡都沒見到他的蹤影。

「時間快到了喔，妳有要和我去接機嗎？」哥手裡轉著爸的車鑰匙，靠在走廊邊望向我。

「嗯，去呀。」我停下腳步，點了頭。

「那妳還不快去換衣服？」

「喔。」愣了一會後，我才想起自己身上穿著的睡衣。

「對了，哥，可以問你一件事嗎？」準備回房間前，我問了一臉悠哉的哥。

「不可以。」他想都沒想地就回答。

「哎呦，你很煩耶。」

「什麼事啦？」哥稍微站直了點。

「問你喔……你會不會覺得，這世界像是夢一樣地不真實？」我再次提了一次這個問過小妙的同樣問題。對於大白的說法，我不可能不去介意。

「妳是在針對我交到女朋友的事嗎？」他聽了後，防衛性地反問。

「不是啦。」我氣結道，雖然的確很不解怎麼會有人喜歡他。

「那妳到底是在問什麼？」

「就是，聽了有個人說……你和我，或是這整個世界，都存在於他的夢裡。我知道你一定覺得他神經病，但是……」我如實說著，卻又感到缺乏信服力。

「妳是說印度梵天作夢的故事嗎？我以前其實也會常想這件事。」出乎意料地，他認真回了我。

「你也有懷疑過？」我吃驚問道。

「不能說是懷疑吧，是去思考過……那其實和科學家的說法很像。宇宙有無數個，而光是其中一個宇宙，我們的存在就已經好像是人體白血球一樣的微渺了。所以搞不好我們每一個人的身體裡，都醞釀著一個宇宙，只是自己沒察覺到那世界的存在而已……」科幻小說看很多的他，談得很起勁。

「我的意思是，知道這個世界如果那麼虛幻不真實，隨時會消失……你沒有其他想法嗎？」我忍不住打斷他。

「真不真實，又不是由存在的時間長短決定的……小時候吹的泡泡、現在交的女朋友，只要有感受到那就是真實的啊。而且就因為知道沒有所謂的永恆，才會去珍惜嘛。」哥說著說著，挖起了鼻孔。

只要有感受到，就是真實的……？

從來沒有仔細思考過什麼叫存在的我，一時安靜了。

看見牆壁上自己以前畫的海邊風景畫，那蔚藍的海洋，普照的暖陽，展翅的海鷗……突然好像，感覺到了這個世界的心跳聲。

燦爛如水彩的生氣，一直渲染去了木框畫面外……那學校裡，同學們下課時在走廊上的嬉鬧聲；溫暖家中，父母開心引導學步孩子的拍手聲；國際棒球賽時，眾人在轉播電視牆前屏氣後的歡呼聲……還有，第一次被喜歡的男孩子碰到手，小鹿亂跳的怦動聲。

這些深深印在腦海裡的聲音，的確再真實不過地存在著。

那麼，無時不刻感受著這些存在、交織更多存在的我，又怎麼能不是存在著的呢……。

「妳看，像不像地球？」接著，哥秀出了他的食指。

「很髒耶你！」完全不想去看他從鼻孔挖出了什麼東西，我趕緊回了房間換出門的衣服。

這個世界，好像什麼都沒有變，但我似乎卻見到了更多的東西。

相遇這一刻，
世界轉動！

36.

「那這袋是什麼？」哥晃著一箱小瓦楞盒，側聽。

「不要搖啦，裡面是給你大姑他們的紅酒！」媽叱喝。

接機回到家後，我們在客廳拉開行李箱，整理爸媽從歐洲帶回來的紀念品。哥不願意相信，自己的禮物只有隻巴黎鐵塔鑰匙圈和飯店送的原子筆。

「妳又不會跳踢躂舞，拿到這個也沒用吧？」哥望著我手上的那盒荷蘭手工木鞋。

「……可以拿來踢你屁股。」我小聲地對著他說，怕被爸媽聽見。荷蘭的傳統木鞋，本來就不是拿來跳踢躂舞的。

爸剛才交給了我這盒禮物後，就一直半抱怨說那麼笨重的東西，我房裡根本沒有地方放。不過這也代表著，他應該沒聞到家裡還有狗味。

爸媽兩個禮拜的國外旅行，和我遇見的短暫插曲，就這樣結束了。

我正常的上學、補習，到圖書館溫書，生活步回了原本的節奏。

而不再出現的大白，就像是……從來沒有出現過一樣。

相遇這一刻，
世界轉動！

37.

很多時候，回憶比眼前看到的更真實。

大學二年級結束的暑假，高中時的班長謝國宗發起了同學會。來參加的同學，短短兩年沒見，外觀和氣質或多或少的都有改變；男生們有的蓄了山羊鬍，有的像氣球般地發胖，女生們則更會打扮展現自我。不過當大家聊起天時，所見到的對方，仍是當年穿著高中制服的彼此。

小妙和我在剛高中畢業後仍常通電話，但在大一下她交了男朋友後，就越來越少機會聯絡了。難得再見面，我和她的話匣子一直沒停下。

「這張是你們去年日本玩時拍的嗎？」我望著她和男友在淺草雷門前的合照，好不羨慕。

「是呀，那次旅行我們花了半年的打工錢說。」小妙呵呵說著，比高中時的她更有笑容。

「真好，你們同一個班上，根本不用出國玩就很甜蜜了嘛。」

「……嗯，不過他現在想轉系，或是先去當兵。」小妙談著電機系同班的男友。

「咦，為什麼？」我驚訝。

「是啊，我跟他也談了好久，但只能尊重他的決定。他覺得唸得越多，越覺得這不是他想要從事一輩子的工作，所以想重新思考一下方向。」

「那他有什麼想法嗎？」

「他想轉森林系，說在大自然裡工作是夢想……他國小時的作文，志願就寫了未來要當泰山哩，哈。」

「噗。」我跟著笑起。

不過……小時候的夢想，到了長大後還有多少人記得呢？

「很像我吧。」也受邀參加同學會的廖老師，得意傳閱自己的手機給同學們。螢幕的背景，是他與剛出生女兒的照片。

接過手機後，大家不約而同地稱讚。小女孩很可愛，幸運地和濃眉厚唇的父親長得一點都不像。

「等她再大一點，就可以帶她去海邊玩水了……我大專時，常帶著一個得白血病的女孩子去看海。那時的她就要我答應，若來世當了我女兒，要再帶她去欣賞同樣的海景……」廖老師淡淡地回想著往事，不自覺笑起。

「屁啦！」一個以前就常吐嘈廖老師的男同學，照舊不給面子。

「真的啦！」廖老師瞪回他。

「明明就唬爛。」

「就說真的了！」

都喝了啤酒的兩人，互不相讓地一人一句爭辯著。

我和小妙對視苦笑。

或許，廖老師說得是真的呢，否則實在是想不到他每年帶領淨灘活動的理由？雖然連續參加兩次的我們，有些被利用的感覺，卻也被利用得很愉快……。

同學會結束的隔天，我賴到了十點多才起床。

爸媽早就去上班，家裡清逸的氛圍看似沒什麼不同。但在晾完洗衣機裡的衣物後，昨日腦裡殘留的韻味卻發酵了起來。我打開家中儲藏室，翻出了好幾年沒碰的畫板、顏料和水彩畫筆。曾經是我生命中重要的一部分，卻隨時間沾著的塵埃，讓我差一點忘了它們的存在。

往海灘路上的途中，除了車票貴了兩塊，一切都與記憶中的一樣。

抵達目的，初聞到海風時，我就知道今天畫布上會留下了怎麼樣的風景。沙灘仍是純然細白，浪潮仍是未染煩憂地輕快。背著畫框，我脫下帆布鞋，一步一步朝著蔚藍的分際走去。

腳底，湧上波沁涼的清新。

我不禁低頭看去半掩足裸的那片透明。一顆碩大的螺旋貝殼，正悄然躺在腳邊的海水下；像是這幾年來，一直在原地等待。

心跳動著，我將海貝拾起，放到耳邊期待。

然後，聽見了那聲音……。

THE END

要青春09　PG1486

要有光 FIAT LUX　相遇這一刻，世界轉動！

作　　者　舒果汁
責任編輯　喬齊安
圖文排版　周政緯
封面設計　楊廣榕

出版策劃　要有光
製作發行　秀威資訊科技股份有限公司
114 台北市內湖區瑞光路76巷65號1樓
電話：+886-2-2796-3638　傳真：+886-2-2796-1377
服務信箱：service@showwe.com.tw
http://www.showwe.com.tw
郵政劃撥　19563868　戶名：秀威資訊科技股份有限公司
展售門市　國家書店【松江門市】
104 台北市中山區松江路209號1樓
電話：+886-2-2518-0207　傳真：+886-2-2518-0778
網路訂購　秀威網路書店：http://www.bodbooks.com.tw
國家網路書店：http://www.govbooks.com.tw
法律顧問　毛國樑　律師
總 經 銷　易可數位行銷股份有限公司
地址：231新北市新店區寶橋路235巷6弄3號5樓
電話：+886-2-8911-0825　傳真：+886-2-8911-0801
e-mail：book-info@ecorebooks.com
易可部落格：http://ecorebooks.pixnet.net/blog

出版日期　2016年4月　BOD一版
定　　價　240元

Printed in Taiwan

國家圖書館出版品預行編目

相遇這一刻, 世界轉動! / 舒果汁著. -- 一版. --
臺北市 : 要有光, 2016.04
面 ; 公分. -- (要青春 ; 9)
BOD版
ISBN 978-986-91655-3-2(平裝)

857.7 105004219

讀者回函卡

感謝您購買本書，為提升服務品質，請填妥以下資料，將讀者回函卡直接寄回或傳真本公司，收到您的寶貴意見後，我們會收藏記錄及檢討，謝謝！
如您需要了解本公司最新出版書目、購書優惠或企劃活動，歡迎您上網查詢或下載相關資料：http:// www.showwe.com.tw

您購買的書名：＿＿＿＿＿＿＿＿＿＿＿＿＿＿＿＿＿＿＿＿
出生日期：＿＿＿＿年＿＿＿＿月＿＿＿＿日
學歷：□高中（含）以下　□大專　□研究所（含）以上
職業：□製造業　□金融業　□資訊業　□軍警　□傳播業　□自由業
　　　□服務業　□公務員　□教職　□學生　□家管　□其它＿＿＿
購書地點：□網路書店　□實體書店　□書展　□郵購　□贈閱　□其他
您從何得知本書的消息？
□網路書店　□實體書店　□網路搜尋　□電子報　□書訊　□雜誌
□傳播媒體　□親友推薦　□網站推薦　□部落格　□其他＿＿＿＿＿
您對本書的評價：（請填代號　1.非常滿意　2.滿意　3.尚可　4.再改進）
封面設計＿＿　版面編排＿＿　內容＿＿　文／譯筆＿＿　價格＿＿
讀完書後您覺得：
□很有收穫　□有收穫　□收穫不多　□沒收穫

對我們的建議：＿＿＿＿＿＿＿＿＿＿＿＿＿＿＿＿＿＿＿＿

＿＿＿＿＿＿＿＿＿＿＿＿＿＿＿＿＿＿＿＿＿＿＿＿＿＿＿

＿＿＿＿＿＿＿＿＿＿＿＿＿＿＿＿＿＿＿＿＿＿＿＿＿＿＿

＿＿＿＿＿＿＿＿＿＿＿＿＿＿＿＿＿＿＿＿＿＿＿＿＿＿＿

請貼
郵票

11466
台北市內湖區瑞光路 76 巷 65 號 1 樓

秀威資訊科技股份有限公司 收

BOD 數位出版事業部

(請沿線對折寄回，謝謝！)

姓　　名：＿＿＿＿＿＿＿＿　年齡：＿＿＿＿　性別：□女　□男

郵遞區號：□□□□□

地　　址：＿＿＿＿＿＿＿＿＿＿＿＿＿＿＿＿

聯絡電話：(日)＿＿＿＿＿＿＿＿＿＿(夜)＿＿＿＿＿＿＿＿＿＿

E-mail：＿＿＿＿＿＿＿＿＿＿＿＿＿＿＿＿